形影不離

Les Inséparables

西蒙・德・波娃 Simone de Beauvoir——著
嚴慧瑩——譯

目次

推薦序

一部既未出版也未銷毀的神祕手稿

文／劉亞蘭（真理大學人文與資訊學系副教授）

●一份擱置未銷毀的文稿……

《形影不離》是西蒙・德・波娃寫於一九五四年，於生前擱置未出版的小說手稿。西蒙・德・波娃為什麼擱置了這份手稿？

波娃在一九六三年的回憶錄《環境的力量》（*Force of Circumstance*）曾提供一些線索。她在書裡的某個註釋提到，這份文稿被擱置的原因是沙特當時沒給什麼好評價，而波娃也贊同沙特的看法，覺得不能引起讀者的興趣而作罷。不過波娃生前常銷毀一些她不滿意的作品，而這份稿件卻被波娃保留了下來。

西蒙．德．波娃一九八六年過世，她的養女西爾薇在波娃留下的大量文稿和檔案裡，首次閱讀到這份稿件，並表示它應該要被出版，於是在西蒙．德．波娃研究者和廣大讀者的期盼下，終於，二〇二〇年在法國正式出版，二〇二一年出了英譯本，繁體中文版也在台灣問世。

●《形影不離》是一本什麼樣的作品？

那麼，這到底是一本什麼樣的小說，如此具有「魅力」？《形影不離》描述的是西蒙．德．波娃和她的童年摯友扎扎（Élisabeth Lacoin，波娃暱稱她為 Zaza；書裡化名為安德蕾〔Andrée〕）之間的友誼。波娃在學校認識扎扎後，很快被她獨特的個性所吸引，熱切地愛上了她。不過，波娃很快就發現，這只是她單方面的狂熱，扎扎只把波娃當作無所不談的閨密好友。儘管如此，波娃仍喜愛著她，關切她的生活處境。這本小說雖為虛構卻真實描述了兩人從九歲到二十一歲間「形影不離」的深厚情誼，故事圍繞著扎扎如何在顧全作為女兒的家庭責任與追求個人自由之間的矛盾處境。而正是這個困難的生命情境，造成扎扎二十一歲驟然病逝。這個突然的打擊，對年輕的波娃而言，成了一輩子難以抹滅的影響。[1]

---

1 對波娃以及對這個故事有興趣的讀者，推薦波娃一九五八年的第一本自傳作品《一個乖女孩的回憶錄》（*Memoirs of a dutiful daughter*，亦參考楊翠一九九二年的中文譯本《西蒙・波娃回憶錄：一位嫺靜淑女的自傳》，志文出版）。自傳裡有些提到扎扎的段落，幾乎和小說的文字一樣，未做更動。自傳最後更是以扎扎的死作為結束，並自責地提到：「我們一起對抗擺在我們面前那令人反感的命運，我一直相信自己的自由是以扎扎的死作為代價換來的。」（Penguin 2001：360）

●《形影不離》關切的哲學問題

這股強烈的情緒，讓波娃多次試圖要把扎扎的故事寫出（根據西爾薇在本書導言中的說法，《形影不離》是波娃第五次嘗試讓扎扎在她的筆下重生）。這些嘗試，代表著兩個意義。第一個意義是，波娃對於扎扎的死仍帶著困惑，透過一次又一次的寫作，波娃試圖「解惑」，找出扎扎和她的情人——法國哲學家梅洛龐蒂（Maurice Merleau-Ponty）兩人之間最後到底發生什麼事；第二個意義是，扎扎的死，回應著波娃一生最關切的哲學議題：（女性）為他人犧牲奉獻或是為自己而活，如何思考這兩者之間的衝突或矛盾？每一次的寫作，波娃都在確認或尋找最貼切的答案。

波娃認為，扎扎既想做她自己，追求她所愛的人，卻又身陷在母親、家庭和宗教交織的牢籠裡，扎扎不能擺脫這樣的處境獲得自由，最後死亡成為她唯一的出路。扎扎的痛苦讓波娃更加看清女性所處的困難處境。同時，這也讓波娃繼續思考：如何在愛著另一個人的同時不失去自己的獨立性？兩個獨立自由的意識是什麼樣的共存關係？它們可以同時既是主體又是客體嗎？事實上，這正是波娃哲學和沙特哲學的差異所在。沙特的存在主義，兩個自由的意識是無法共存的，它們只能是看／被看、主體／客體、決定／被決定的關係，所以沙特說「他人是地獄」，因為他人看我的眼神可以把我「殺死」，可以把我這個主體剎那間變成被觀看的（身體）客體。而西蒙．德．波娃的存在主義，更多思考的是共存關係的倫理學：人是一個既是主體又是客體的存在，那麼我如何在困難的處境中追求自由？而這個問題正是西蒙．德．波娃在《第二性》的核心問題。

西蒙．德．波娃在《第二性》「少女」這個章節，一開頭的文字，彷彿就是扎扎的生命寫照：「她這時都把自己看做是向上提升的存在超越性；然而她期待的未來卻只能是被動存在。（…）在這段期間，她看不到任何切實可行的目標，所做的一切都只是為了消磨、等待。（…）她的青春總是在等待中虛耗殆盡。她等待著男人出現。」（邱瑞鑾譯，貓頭鷹出版，頁五六九）和沙特思想不同的地方是，波娃注意的不是兩個「向上提升的存在超越性」的爭鬥，而是關注在「向上提升的存在超越性」和「被動存在」的矛盾處境下，如何尋求自由。而這個「被動存在」是加諸在女性（扎扎）的社會牢籠，一輩子被結婚、家庭責任等規範牢牢綁住，而這也是波娃自己極力想避免、但沙特不會意識到的東西。

● 小說結局未提到的另一個「結局」（本段含部分小說內容，請斟酌閱讀）

本書最後的結局，扎扎急病離世。對於扎扎的死，和她對男友梅洛龐蒂（小說裡的名字叫巴斯卡）的感情掙扎，有很大的關係。如何評價兩人之間的感情關係，讀者或許各有判斷。不過，扎扎和梅洛龐蒂當時到底面臨著什麼樣的生命處境？波娃一九六三年出版的另一本自傳《環境的力量》提到了這個故事的最終版結局。原來，在她第一部自傳《一個乖女孩的回憶錄》出版後，扎扎的妹妹寫信給波娃，告訴她當年扎扎母親反對她和梅洛龐蒂的婚事另有原因：扎扎家裡為了確保家庭的名譽，曾雇用私家偵探調查梅洛龐蒂的家世，結果發現梅洛龐蒂是私生子，這個身分不被扎扎家接受，以保守此祕密為條件，要求梅洛龐蒂放棄扎扎。梅洛龐蒂接受了這個條件，因為他的姊姊當時正要訂婚，不能讓此事影響到姊姊的婚事。（亦參考凱特．寇克派翠的《成為西蒙波娃》，衛城出版，頁三九七—八）這個近乎八點檔的劇情如果屬實，扎扎是這整件事的最大受害者。當然梅洛龐蒂也不好受，為了成全姊姊的婚事而犧牲了自己的幸福。在社會的傳統框架裡，女性通常是最大的犧牲者，但常被我們忽略的是，男性有時候也是受害者。

那麼，波娃會不會是因為得知了這個小說結局以外的真正「結局」，而試圖想要修改這本小說的情節，才一直未出版也沒有銷毀這份不甚滿意的文稿？這真正的答案，只有波娃才知道了……

導言

解碼波娃

文／西爾薇・勒龐—德・波娃

九歲的西蒙・德・波娃是安德林蝶西（Adeline Desir）天主教學校的學生，旁邊座位坐著一個棕色短髮的女生，比她大幾天，名叫伊莉莎白・拉科因，小名扎扎。這名小女生自然、活潑、天不怕地不怕，在這片因循傳統的氛圍中顯得突出。下學年開學，扎扎沒來上學。世界陰沉下來，沉鬱地令人難以忍受。突然，這個輟學的小女孩又回來了，帶來陽光、歡樂和幸福。她的聰穎和各種天分吸引著西蒙・德・波娃，她崇拜她，被她折服。她們兩個爭著全班第一名的位置，也成了形影不離的好朋友。這倒不是由於西蒙．德．波娃的家庭不幸福，她深愛年紀輕輕的母親，崇拜父親，妹妹也乖巧順從；而是，對她這個十歲的小女孩來說，這是第一次心裡翻江倒海。她對扎扎的感情如此熱烈，仰慕著她，生怕讓她不高興。處於感情脆弱的童年，她當然不了解這種早熟的啟發，這也是令我們身為見證的讀者最動容的。和扎扎兩個人長長的私密談話，在她眼裡是無價的。喔！她們的教育緊框著她們，不容親近，所以兩人一直以敬語（您）相稱，雖然有這種矜持隔閡，西蒙．德．波娃從來沒有像這樣和人交心過。灼熱她的心、令她讚嘆又狂喜的這份情感，保守地稱為「友誼」的這個情感，雖未言明，不是「愛」又是什麼呢？她很快就明白扎扎對她並沒有相同的情愫，也沒料想到她付出的感情如此之深，但和愛的絢麗火花相比，這又有什麼關係呢？

一九二九年十一月二十五日，扎扎差一個月就滿二十二歲的那天，突然病逝。這突如其來的噩耗縈繞西蒙・德・波娃一輩子。很長一段時間，她的好友回到她的夢裡，粉紅色闊邊草帽下一張蠟黃的臉，帶著譴責看著她。想要抹去這空虛和遺忘，只有一個方法：文學的魔法。在不同的題材之中、在未出版的青少年時期創作的小說中、在短篇小說集《當靈性超越一切》（*Quand prime le spirituel*）、在一九五四年得到龔固爾獎的《名士風流》（*Les Mandarins*）最終還是刪除的一個段落中，西蒙・德・波娃已經四度嘗試讓扎扎在筆下重生，卻是徒勞。得到龔固爾獎的一九五四年，她又做了第五次嘗試，寫下一本小說，一直未付梓，也就是現今終於出版的《形影不離》。這最後一次以虛構形式的嘗試雖未讓她滿意，卻讓她有了一個根本的改變——轉而朝向文學創作前進。一九五八年，她把扎扎生死的這段故事寫進自傳作品裡，那就是《一個乖女孩的回憶錄》。

西蒙·德·波娃自己並不滿意但珍藏的這本小說，其實具有很大價值：面對一個謎團，我們會發出疑問、激起憤怒、試著以各種角度來釐清、期待將會出現的說明和解釋。扎扎的死還是存著一部分疑團，西蒙·德·波娃在一九五四和一九五八年兩次書寫透露出的真相並無法拼補完全。在本書中她是第一次把她們的堅貞友誼平鋪攤開。同是像愛一般謎樣的友情，曾讓蒙田針對他和拉波哀西[2]之間的關係寫下這樣一句：「因為是你，因為是我。」小說中的安德蕾就是現實中的扎扎，第一人稱敘述者則是她的好友席樂薇。這兩個「形影不離」的好朋友不管在本書中或是在現實生活裡，都肩並肩面對所有發生的事，席樂薇經由這份友誼的各種面向敘述所發生的事件，藉由對比的技巧揭開頑強的含糊曖昧。

選擇虛構小說的形式，得以自由地改變時序、做調整，這是必須解碼釐清的。小說人物的姓名、地點、家庭狀況與事實稍有出入。安德蕾·卡拉名字其實是伊莉莎白・拉科因，席樂薇・勒芭居則是西蒙・德・波娃。卡拉家（在《一個乖女孩的回憶錄》裡是馬畢家）有七個孩子，其中只有一個男孩，事實上拉科因家有九個孩子，六女三男。西蒙・德・波娃只有一個妹妹，書中的席樂薇則有兩個妹妹。書中的雅蝶萊伊中學其實是位於聖日耳曼德沛區亞伯街（Saint-Germain-des-Prés, rue Jacob）上的安德林蝶西天主教學校；就是在這所學校裡，修女老師們形容這兩個小女孩「形影不離」。這個形容詞連結了事實和虛構，便成為這本小說的書名。書中的巴斯卡・布龍代其實是莫里斯・梅洛龐蒂（Maurice Merleau-Ponty）（在《一個乖女孩的回憶錄》裡是帕迭爾），父親早逝，和同住母親非常

---

2 蒙田（Montaigne, 1533-1592），法國哲學家、啟蒙運動先驅。拉波哀西（La Boétie, 1530-1563），法國政治哲學奠基人。兩人為摯友。

親近，姊姊也不似書中艾瑪的形象。書中席樂薇度假的薩德納克小城事實上是位於利慕贊地區（Limousin）的梅西尼亞可小城（Meyrignac），至於安德蕾度假的貝塔里莊園，指的是坎尼班（Gagnepan），伊莉莎白・拉科因一家在朗德地區（Landes）的度假屋（他們家還有另一棟度假屋在歐巴丹〔Haubardin〕），西蒙・德・波娃曾去小住過兩次。扎扎死後就葬在那裡，在聖邦德龍（Saint-Pandelon）。

扎扎的死因是什麼呢？

根據冷冰冰的客觀科學因素，她死於病毒性腦炎。然而，是什麼樣早就扎根的致命連環枷鎖，緊緊框住她整個生命，終至使她衰弱、身心俱疲、絕望、瘋狂、死亡？西蒙・德・波娃一定會這樣回答：扎扎的死，是因為她與眾不同。人們殺死了她，她的死是一個「精神謀殺」。

扎扎之所以死，是因為她試著做自己，人們告訴她這種企圖是壞的。一九〇七年十二月二十五日，她出生在一個狂熱天主教布爾喬亞家庭，她的家庭固守傳統，身為女性，職責就是忘卻自己、犧牲自己、調整自己配合大環境。因為扎扎與眾不同，無法「調整自己配合大環境」——這個陰森恐怖的字眼意味著塞進一個預先製好的模子，就像一堆蜂巢裡的其中一個，尺寸超過範圍的就被壓縮、碾碎、像瑕疵品一樣被丟棄。扎扎不知如何擠進這模子，因此她的與眾不同被搗碎。這就是罪刑，是謀殺。西蒙·德·波娃帶著驚恐回憶一次在坎尼班看到他們照全家福的場景，九個孩子按照年齡站成一排，六個女生穿著相同的藍色塔夫綢洋裝，戴著一模一樣的草帽，插著一朵矢車菊。扎扎的位置就是在那裡，永遠不會改變，她的定位就是拉科因家的二女兒。年輕的西蒙·德·波娃悍然拒絕這個影像。不，扎扎不是這個「二女兒」，她是「獨一無二」的。她的家庭信條否定所有未經允許的自由思想，他們差遣她不停東奔西跑，落入「社會義務」的圈套。四周圍繞著一家子兄弟姊妹、表兄弟姊妹、朋友、龐大家族，扎扎忙於家事、交際、來訪、團體活動，沒有一分鐘是留給自己，從來沒有獨自一個人，也不能單獨和好朋友在一起，她不屬於自己，他們不讓她有任何私人時間拉小提琴、讀書，連獨處的權利也不被容許。每年夏天在貝塔里（坎尼班）的度假對她來說是地獄，她感到窒息，多麼想逃脫時時刻刻身處群體中的痛苦——這讓人想到某些宗教團體的集體苦修。想逃脫的欲望如此強烈，乃至於讓她以斧頭自殘，以逃避一次特別難忍的差事。在這個階級裡，不容許特立獨行，存在不是為自己，而是為了他人。她曾說：「媽媽從不為自己做什麼，她的一生就是奉獻。」在這種束縛傳統耳濡目染之下，所有的個人主義思想都胎死腹中。而這正是波娃最無法接受的，也就是她在這本小說裡揭露的，我們可以把這個揭露視為哲學議題，因為這事關人的生存狀況。承認主體性的絕對價值是西蒙・德・波娃的中心思想，也是她的作品想表達的，這主體性指的不是某個個體，個體只是一堆樣品中的一個號碼，它指的是獨一無二的個體性，引用紀德的話，就是每個人成為「最無法取代的生物體」，意識到當下立即的存在，「愛我們不會見到第二次的事物」。這是波娃無法撼動的信念，最初的哲學省思也支持著她：絕對的意義是在凡間、塵世，體現在我們唯一且獨一無二的生命裡。我們不難明白在扎扎的生命裡，這個掙扎具有崇高的意義。

這齣悲劇造成的原因是什麼呢？好幾條線纏繞在一起，扭絞成結，幾個原因昭然若揭：扎扎對母親的崇敬與愛，一旦破碎就令她遍體鱗傷。扎扎對母親的深愛，是一種嫉妒的、不幸的愛。她的狂熱遭遇母親某種冷漠，這家裡排行第二的女兒，淹沒在一堆兒女之間，只不過是孩子群的其中一個。拉科因太太手段高明，孩子們吵鬧時並不高壓制止，表現開明溫柔，其實是把鐵腕藏到重要的時刻才施展。一個女兒家注定的出路，不是結婚就是進修女院，完全不能按自己的喜好和感覺決定命運。由家庭出面安排相親，湊合婚事，以相親對象的觀念想法、宗教傾向、社交地位、經濟狀況來挑選，而且必須屬於同階層才通婚。扎扎十五歲就第一次遭過到家裡這種致命的信條，她對貝爾納的愛被切斷，兩人被硬生生分開，二十歲又發生第二次，她又受到同樣的威脅。她選擇了不同階級的巴斯卡·布龍代，希望和他結婚，這些言行脫序的危險舉動不見容於家族。扎扎的悲劇是在她最深層的心裡，因為她心底隱藏一個和自己對抗的敵人：她沒有勇氣質疑她所珍愛的神聖秩序，以致受此懲罰而死。甚至母親的責備令她喪失自信心、不想活下去的時刻，她都只是吞忍內省，幾乎認為判她罪刑的法官才是對的。拉科因太太施加的壓力令人覺得矛盾，我們在其中看見因循守舊這塊大牌子上的一條裂縫：她自己年輕時也被母親所迫，違背心意投入了一場婚姻。她必須「調整自己配合大環境」——這個恐怖的字眼又出現了，必須否定自己，成為一個掌控生死的惡母，維持碾碎齒輪繼續運行下去。她那從容自信的外表之下，掩藏了什麼樣的挫折感和怨恨呢？

虔誠、靈性至上這個大帽子狠狠地壓在扎扎的生命之上。她生長的環境處處充滿濃濃的宗教氛圍。她身處一個激進天主教大家庭，父親是「大家庭家長同盟」的主席，母親在聖多瑪塔干教區備受尊崇，一個哥哥當神父，還有一個姊姊是修女。每年全家都去聖地露德朝聖。西蒙·德·波娃在書中揭露，所謂的「靈性至上」，就是「蒼白無瑕」，就是騙局，以超自然的光暈遮蓋塵世間階級的概念。當然，營造騙局的人是第一個被蒙騙的。隨時隨地只要搬出宗教，就可漂白一切。卡拉先生在扎扎死後說：「我們只是上帝手中的工具。」扎扎屈服了，因為她把一般只不過是個方便、正統做法的天主教義全然內化，她那超乎常人的特質又一次背叛了她。儘管她也窺出所處階級那「假道學」的虛偽、謊言、自私，許多思想和行為充滿盤算和斤斤計較，完全違背福音書的精神，她一時動搖的信仰卻堅持了下去。但是她苦於內心世界的放逐、周遭親友的不理解、她的孤立，從來沒有一刻得以獨處的她，飽受生存的孤獨。她對精神靈修的堅持，只是讓她忍受身心的苦修，遭受折磨，被內心的矛盾衝突逼到絕境。那是因為，對她來說，信仰並非對很多人來說的以上帝之名便宜行事、為自己的行為找一個解釋、自圓其說、逃避責任，她的信仰是面對那沉默的、隱晦的、隱藏的上帝，提出痛苦的詢問。她是自己的劊子手，兩邊撕裂：該順服、盲從、屈服、忘記自己，像她母親耳提面命的那樣做嗎？或是該不服從、反抗、訴求於自己的天賦和才能，像她好朋友鼓勵的那樣做？上帝的旨意是什麼呢？祂期望她怎麼做呢？

縈繞不去的罪惡感消磨了她的勃勃生氣。和席樂薇相反，安德蕾／扎扎對性的知識相當充足。卡拉太太在她十五歲的時候，就以露骨、幾乎殘暴的方式告訴她婚姻的赤裸，不掩飾地說：「就是痛苦的一刻，咬咬牙就過了。」扎扎自己的經驗卻推翻了這個荒蕪的說詞，她嘗過性的魔力和迷惑，她和小男朋友貝爾納的擁吻並非柏拉圖式的。她嘲笑周圍處女小姐們對性的無知，不屑虛偽的衛道學「洗白」、否定、隱藏肉體赤裸裸的欲望。但同時間，她自知難以對抗誘惑，她熱烈的欲望、沸騰的個性、肉體之愛都被極端的嚴謹所扼殺，連最小的欲望她都擔心是個罪惡，肉體的罪惡。悔恨、害怕、罪惡感啃噬著她，這種自我判決更加重了她對自己的否定、對虛無的偏好，以及令人擔憂的自殘傾向。母親和巴斯卡說服她訂婚時間拖太長的危險，她儘管萬般不願，還是屈從，答應放逐到英國。這最後一個殘酷的束縛終於將她推向悲劇的結尾。扎扎被所有這些衝突四分五裂而亡。

在這本書裡，好朋友席樂薇的角色只是扶襯出安德蕾。如同研究西蒙・德・波娃的專家艾琳・樂卡—塔柏（Éliane Lecarme-Tabone）所言，波娃自己的回憶很少出現，我們對她的生活、內心糾葛、女性意識解放的心路歷程一無所知，尤其是知識分子和正統保守思想之間基本的對立——也就是《一個乖女孩的回憶錄》一書的主軸——在本書裡只是草草帶過。儘管如此，我們很快就明瞭她在安德蕾的階級氛圍裡是被惡眼相對、難以接受的。卡拉家經濟情況寬裕，而她自己原本高階布爾喬亞的家庭卻在一九一四年大戰後破產、社會地位降低。在貝塔里度假時，日常生活中不乏半遮半掩的羞辱：她的髮型、衣著被指指點點，安德蕾不聲不響地在她衣櫥裡掛了一件漂亮的洋裝。還不僅如此，卡拉太太提防著她，警戒這個誤入歧途、進索邦大學繼續高等教育、將來會有一份職業賺錢自立的女孩。在廚房那令人揪心的一幕，席樂薇對驚詫無比的扎扎坦白之前對她的感情，這一切標示了這兩個女孩之間關係的轉折點。從這個轉折點之後，扎扎的愛一發不可收拾。席樂薇面前出現一個無垠的世界，而安德蕾走向死亡。但是席樂薇／西蒙・德・波娃讓安德蕾重生了，以溫柔和尊敬令她重生，以文學的優雅方式還她公道。我禁不住想特別指出，《一個乖女孩的回憶錄》四個章節各自的結尾字剛好是：「扎扎」「將會敘述」「死亡」「她的死亡」。西蒙・德・波娃心懷罪惡感，因為某方面來說，獨自活下來就是個錯誤，代價就是扎扎。在她未出版的筆記裡，她甚至形容她獨自活下來，而扎扎被犧牲了。但對我們來說，她這本小說不就恰恰是以文字完成這份神聖任務：與時間對抗、與遺忘對抗、與死亡對抗、「掌握此時此刻的絕對存在與這將永遠持續的永恆」？

形影不離

致扎扎

若今晚我眼裡有淚水，是因為您死了，抑或是因為我還活著呢？我想把這段故事獻給您，但您身已不知在何處，我在這裡藉由文學的魔法與您說話。再者，這並不真的是您的故事，只是取材於您。您不是安德蕾，我也不是以第一人稱敘事的這個席樂薇。

第一章

我九歲的時候，是個很乖的小女孩；九歲之前卻不然，孩提之時，大人的霸道經常讓我暴跳如雷，有一天某個姑姑甚至嚴肅地說：「席樂薇被惡魔附身了。」戰爭和宗教的洗禮使我成熟變乖，我立刻展現出堪為典範的愛國情操，把「德國製造」的絨布娃娃丟在地上踩，不過我本來就不喜歡那個娃娃。據說上帝是否拯救法國，端賴於我的循規蹈矩和虔誠，那麼，我責無旁貸。我和其他小女生揮著小旗子唱著歌在聖心堂裡走來走去。我開始不停祈禱，而且愈來愈喜歡祈禱。雅蝶萊伊中學校內指導神甫多明尼克也鼓勵我這股對祈禱的熱情。我身穿珠羅紗洋裝，頭戴愛爾蘭式蕾絲花邊軟帽，舉行了私人初領聖體儀式：從那天起，大家可以我為例當作妹妹們的典範。上天一定是被我感動了，我父親因心臟衰竭，被調派到陸軍國防部單位任職。

那天早上我興奮得不得了，是開學日：我好想早點回到學校，那如做彌撒一般嚴肅的課堂、沉寂的走廊、那些修女老師溫柔的笑容。老師們穿著長裙和包得嚴實的短上衣，自從校舍一部分被改建為醫院之後，她們也經常穿著護士服。在沾著血跡的白袍下，她們就像聖女一樣，當她們把我擁在胸前時，我感動萬分。我匆忙吞下取代戰前時期巧克力和奶油麵包的濃湯和雜糧麵包，不耐煩地等著媽媽幫妹妹們穿好衣服。我們三姊妹穿著天藍色大衣，那是真正的軍官制服布料，剪裁樣式和軍裝大衣完全一樣。

「你們看，背後甚至還有個軍大衣的小束腰帶呢！」媽媽跟她那些讚嘆驚訝的朋友們說。走出家門，媽媽手牽著兩個妹妹。我們悶著頭經過「圓亭咖啡館」，這家咖啡館剛在我們家樓下開張，吵鬧沸揚，爸爸說這家咖啡館是失敗主義者的巢穴。我聽不懂什麼是失敗主義者，爸爸跟我解釋：「是那些認為法國會戰敗的傢伙，應該把他們都槍斃。」我不懂，我們又不是故意要認為那些我們所認為的啊，難道腦袋裡只是冒出某些想法，就該受到懲罰嗎？那些把含毒糖果發送給孩童、那些在地鐵裡拿淬毒的針刺法國女人的間諜當然是該死，但是失敗主義者該不該死讓我很困惑。我並沒問媽媽，她的回答永遠和爸爸一致。

兩個妹妹走不快，環著盧森堡公園的鐵柵欄好像永遠走不到盡頭。終於進到學校，我開心地擺動著裝滿新書的書包走上樓梯。新打了蠟的走廊上，我聞到熟悉的疾病隱約氣息，混著地板蠟的氣味。學監女士們上前擁抱我。掛衣間裡，我見到去年的同學，我並沒有和其中任何一個特別要好，但喜歡大家一起吵吵鬧鬧。我在大廳裡等著，站在玻璃櫃前，櫃子裡擺滿陳舊的死物，正緩緩地第二次死去：禽鳥標本掉了羽毛、乾燥的植物碎裂成片、貝殼顏色暗沉。鐘響了，我進到聖瑪格麗特教室。每間教室都一個樣，學生們圍坐在一張鋪著黑色仿皮漆布的橢圓形桌子旁，老師坐在桌首。媽媽們坐在教室後方，邊織著毛線帽邊監督我們。我走到位置上坐下，旁邊座位坐了一個我不認識的小女生：一個深色頭髮、雙頰凹陷、看起來年紀比我小很多的女生，她的眼睛深邃明亮，緊緊地盯著我看。

「您就是全班最優秀的學生？」

「我是席樂薇．勒芭居，」我說：「您叫什麼名字？」

「安德蕾．卡拉。我九歲，看起來年紀比較小，是因為我被火燒到，從此就沒長高多少。我不得已休學一年，但媽媽要我趕上進度。您可以借我去年的課堂筆記嗎？」

「可以。」我說。

安德蕾的自信、那快速而精準的話語令我張皇失措。她帶著警戒的神情仔細端詳我。

「我鄰居說您是班上最優秀的學生，」她的頭輕輕指向麗賽特。「是真的嗎？」

「我經常拿第一名。」我謙虛地說。

我盯著安德蕾。她的黑髮直直垂在臉龐兩側，下巴上有個墨水痕跡。我們很少碰見被火燒的小女孩，我很想問她一堆問題，但菊帕小姐長裙拖著地板走進了教室。菊帕小姐是個活潑、冒著鬍鬚的女老師，我很尊敬她。她坐下，一一點著名，點到安德蕾的時候抬起頭看著她。

「我的小女孩，不會覺得膽怯吧？」

「我並不害羞，老師，」安德蕾從容地說，然後客氣地加上一句：「況且，您一點都不讓人畏怯。」

菊帕小姐遲疑了片刻，鬍鬚下露出一抹微笑，繼續點名。

下課的儀式永遠一成不變：老師站在教室門口，和每個學生母親握手，親吻每個學童的額頭。她把手放在安德蕾肩上。

「您從來沒上過學嗎？」

「沒有，我都在家自學，但現在我已經太大了。」

「我希望您延續您姊姊的學習之路。」老師說。

「喔！我們兩個非常不同，」安德蕾說：「瑪露像爸爸，最喜歡數學，我呢，我特別喜歡文學。」

麗賽特用手肘戳戳我；安德蕾倒也不是沒禮貌，只不過她的口吻不是和老師說話的口吻。

「您知道給非住宿生的自習室在哪裡嗎？如果下課時家人沒立刻來

接，您就去那裡等著。」老師說。

「沒人來接我，我自己回家。」安德蕾說，又快速加上一句：「媽媽知道的。」

「自己回去？」菊帕小姐聳聳肩說：「反正，若您媽媽知道的話……」

接下來輪到她親吻我的額頭，之後我尾隨安德蕾到掛衣間，她套上大衣：她的大衣沒有我的新穎，但非常好看，紅色的平紋結子花呢，金色鈕釦。她又不是街頭野孩子，怎麼會允許她自己在外頭走動呢？難道她母親不知道毒糖果、毒針的危險嗎？

「您住在哪裡？我的小安德蕾？」我們和我兩個妹妹一起下樓梯時，媽媽問她。

「格勒內勒路。」

「那好！我們陪您一起走到聖日耳曼大道，」媽媽說：「我們順路。」

「那就太好了，」安德蕾說：「但請不要因為我而打擾到您。」

她嚴肅地看著媽媽。

「請您理解，夫人，我們兄弟姊妹七個人，媽媽說我們得自己照顧自己。」

媽媽點點頭，但顯然不以為然。

一走出學校到了街上，我就問安德蕾：

「您是怎麼燒傷的？」

「在營火上煮馬鈴薯的時候，火燒上了我的衣服，我的右腿整個燒到了骨頭。」

安德蕾有點不耐煩的樣子，重複述說這個場面讓她很無奈。

「您什麼時候可以借我筆記呢？我得知道去年學校教了什麼。告訴我您住哪裡，我下午會到府上拿，或者明天。」

我用眼光詢問媽媽；在盧森堡公園裡，我是被禁止和不認識的孩子一起玩的。

「這星期都不行，」媽媽為難地答道：「星期六我們再約吧。」

「那好，我等到星期六。」安德蕾說。

我看著她穿過大道，身穿那件紅色平紋結子花呢大衣。她的身材真的非常矮小，但走路的步伐像大人一樣沉穩。

「你叔叔傑克認識和拉維尼家族聯姻的卡拉家族，是布朗謝家族那邊的表兄弟，」媽媽帶著深思的語氣說：「不知道是不是同一個家族。但是我認為這樣的人家不會讓一個九歲的小女孩獨自在街上亂跑。」

我父母對他們所聽說的卡拉家族旁支側支討論了很久。媽媽也去向學校老師打聽了。安德蕾的父母和傑克叔叔認識的卡拉家族只是很遠的遠親，但是他們是好人家。卡拉先生畢業於名校巴黎綜合工科學校，在雪鐵龍汽車工業公司位居要職，也是「大家庭家長同盟」的主席；她夫人閨名希莉薇．德豐諾，出身激進的天主教大家族，在聖多瑪塔干教區女信徒之中備受尊崇。卡拉太太必定是察覺了我母親的疑慮，星期六就來接安德蕾放學。她是個美麗的女人，深色眼珠，脖子上圍著一條黑色絨布圍巾，以一枚古老珠寶胸針固定。她說媽媽看起來像我姊姊，叫她「小夫人」，立刻擄獲了我媽媽的心。我呢，我不喜歡她那黑絨圍巾。

卡拉太太交心地和媽媽敘述了安德蕾所受的罪：皮開肉裂、大面積的水泡、石蠟紗布、安德蕾病中的囈語和她的勇敢；一個同伴玩耍時不小心一腳踢開她的傷口，她強忍住不喊叫，甚至痛得昏了過去。她來我家看我的筆記時，我滿懷敬意地看著她用娟秀有型的字跡抄著筆記，一邊想著她百褶裙下腫脹的腿。從來沒有這麼了不起的大事發生在我身上過。我突然感覺似乎其實從來沒有任何事發生在我身上。

我周遭認識的所有孩子都令我厭煩，但是安德蕾和我在操場上走在各年級之間，她總是逗得我笑個不停；她非常會模仿菊帕修女突如其來的手勢，以及校長汪圖修女甜蜜的嗓音；她從她姊姊那裡探聽到一大堆學校裡的小祕辛：學校裡的修女老師都隸屬基督會，頭髮分旁邊的就還是初學修女，許下終身誓願後頭髮就中分。年紀三十歲的菊帕修女是學校裡最年輕的修女，她去年拿到學士學位，以前的學生在索邦大學裡看到她因為穿著裙子臉紅又困窘的樣子。安德蕾的目無尊長讓我有點錯愕，但我覺得她很好玩，在她瞎編兩位老師之間的對話時，還幫著應對台詞。她模仿老師們的誇張形象惟妙惟肖，經常在課堂上，看到菊帕修女打開點名簿或闔上書本時，我們倆都會用手肘互推。有一次我還瘋狂大笑起來，若不是我一向行事規矩聽話，一定會被趕出教室。

我第一次去安德蕾家玩的時候，簡直嚇到了，他們家裡，除了兄弟姊妹之外，還總是有一大堆堂兄表弟和朋友，他們亂跑、大叫、唱歌、裝扮成奇形怪狀，他們跳到桌上，翻倒家具，有時候十五歲的瑪露老成持重地維持秩序，立刻就會聽到卡拉太太說：「就讓這些孩子玩吧。」我好驚訝她對孩子們受傷、腫痛、東西沾到污漬、盤子打破都不在意。「媽媽從來不會發脾氣。」安德蕾帶著勝利的微笑對我說。到了傍晚，卡拉太太微笑地進到被我們搞得一塌糊塗的客廳，扶正椅子，擦擦安德蕾的額頭，「你又流了一身汗！」安德蕾抱著她，臉上的模樣像換了一個人：我不自在地轉移目光，這股不自在想必有嫉妒的成分，或許還有羨慕，以及被不知所以的神祕引起的恐懼。

我向來被教導應該愛爸爸和愛媽媽一樣多，但是安德蕾並不掩飾她愛媽媽勝過爸爸。「我爸爸太嚴肅了。」她有一天平淡自然地跟我說。卡拉先生令我覺得困惑，因為他跟我爸爸完全不一樣。我父親從不做禮拜，聽到人談起在天主教聖城露德發生的聖蹟就會露出微笑；我聽他說過，他只有一個宗教信仰，那就是對法國的愛。我不在意他不信神，虔誠篤信天主的媽媽好像也覺得爸爸不信天主很正常，像爸爸那麼優越的男人，不像一般婦女和小女孩，想必和上帝之間保持著更複雜的關係。卡拉先生卻相反，每週日全家領聖體，他蓄著一把長鬍子，戴著夾鼻眼鏡，閒暇時間忙著社會公益。他毛茸茸的柔軟鬍子、基督教的良善令他顯得有點女性化，讓我有點看輕他。況且，我們很少有機會看到他，掌管家裡的是卡拉太太。我羨慕她給安德蕾的充分自由，但是儘管她對我說話總是和藹可親，我在她面前就是不自在。

有幾次安德蕾對我說「我玩累了」，我們就到卡拉先生書房裡坐著，我們不開燈，以免被人發現，就這麼坐著聊天，這對我來說是一個新奇的愉悅。我父母會跟我說話，我也會跟他們說話，但我們不會一起聊天；但和安德蕾，我們有真正的對話，就像晚上我爸爸和媽媽聊天一樣。在漫長的養傷期間，她大量閱讀，但是令我很驚訝的，是她似乎相信書裡寫的都是真實的故事：她厭惡賀拉斯和波利耶克特[3]，喜歡唐吉訶德[4]和大鼻子情聖希哈諾[5]，就好像他們都是真實血肉的人一樣。對古老世紀她也是愛憎分明：喜歡古希臘，卻討厭古羅馬，對路易十七皇室發生的悲劇毫無感覺，卻為拿破崙的死悲痛。

她發表許多顛覆性的觀點，但因為她小小年紀，修女老師們都體恤原諒。學校裡大家都說：「這孩子很有個性。」安德蕾很快就補足了去年的進度，我作文科險勝她，而她獲得將兩篇作文抄到布告欄上的榮譽。她的鋼琴彈得很好，立刻被分到中級組，也開始學小提琴。她不喜歡縫紉課，但手還是很靈巧。她在家政課上熟練地做出焦糖、油酥餅乾、松露巧克力。雖然她體型瘦弱，但不只會側翻、劈腿，還會翻各式各樣的觔斗。但她身上最神妙的，是某些我猜不透意思的特性：當她看到一顆桃子或一朵蘭花，或純粹只是在她面前提到這兩樣東西，她就會身體顫抖，雙臂上起雞皮疙瘩，這就是她的個性，就是她身上讓我讚嘆的天賜稟賦以最奇特的方式展現了。我私自認為，安德蕾必定是個天之驕子，以後她的生平會被寫在書裡。

* * *

3 賀拉斯（Horace）、波利耶克特（Polyeucte）是十七世紀法國古典悲劇之父高乃依（Corneil）所著兩部劇作中的主角。

4 唐吉訶德（Don Quichotte），西班牙重要文學作品《唐吉訶德》的主人翁。

5 大鼻子情聖希哈諾（Cyrano de Bergerac），法國家喻戶曉的愛情故事主人翁。

學校大部分的學生在六月中就離開巴黎提早放暑假，因為巴黎頻被轟炸，滿街是德國大型炮車。

卡拉一家人前往聖地露德，他們每年都參加盛大的朝聖。男孩子們充當抬擔架員，稍長的女孩們在一間療養院裡的廚房幫忙母親們洗碗。我羨慕安德蕾被分派這種大人的工作，對她更加崇拜了。然而我也自豪於我父母固執留在巴黎的英雄行為：我們展現給英勇的士兵們看，老百姓也「挺住了」。我獨自留在課室裡，和一個十二歲的白痴女孩在一起，深感自己身兼百姓重任。有一天早上，我到學校的時候，發現老師和學生都到地窖躲空襲了，在家裡我們嘲笑這做法。警報響起時我們並不躲到地窖去，樓上鄰居們會跑到我們家避難，睡在候見廳的沙發上。我喜歡這種忙亂吵嚷。

七月底，我和媽媽、妹妹前往西南部薩德納克小城爺爺家。爺爺還記著一八七一年普法戰爭巴黎被圍城的時期，想像在巴黎我們只有老鼠肉可吃。兩個月假期裡，他用香雞和水果蛋糕把我們餵得飽飽的。我在那裡度過愉快時光。客廳裡有個書櫃，擺滿生了黃斑的舊書，禁書擺在高層，我只被允許自由閱讀放在下層的書籍。我閱讀、和兩個妹妹玩、散步。那個夏天我到處散步，在栗子樹林間被蕨類刮傷手指，在低窪小徑上沿途採摘忍冬花和衛矛編成花束。我嘗著桑葚、野草莓、茱萸子、小檗的酸果子，呼吸著黑麥花如海浪起伏般的味道，趴在地上聞著歐石南隱約的氣味。我坐在大草地上，白楊樹下，打開費尼莫爾．庫柏[6]的小說。風吹來，白楊樹葉子簌簌低語。我好喜歡風，感覺生長在大地一端和另一端的樹木彼此對話，也同時和上帝對話，這是一篇樂章也是祈禱，穿越我心直達天庭。

---

6 費尼莫爾．庫柏（Fenimore Cooper, 1789-1851），十九世紀最早贏得國際聲譽的美國作家，作品大都描寫美國拓荒與印地安原住民的故事。

我享受著數不盡的樂趣，但這些樂趣很難敘述，所以我只寄了幾張簡短的風景明信片給安德蕾，她也很少回信。她在朗德區外婆家度假，她騎馬，玩得很開心，要到十月中才返回巴黎。我並沒有經常想到她，度假期間，我幾乎從不想念在巴黎的生活。

和白楊樹林告別時，我灑下了幾滴淚；我老了，變得多愁善感了。但是在回程的火車上，我感覺好想趕快開學。爸爸在火車月台上接我們，穿著一襲天藍色的制服，跟我們說戰爭很快會結束。新課本似乎比往年還要新，比較厚，封面也比較好看，在我手指下沙沙響，聞起來充滿書香。盧森堡公園裡充滿著令人感動的落葉和火燒野草的氣味。修女老師們感情流露地擁抱我，我的暑假作業也得到她們高度的稱讚。但是為什麼我覺得那麼沮喪呢？晚上，吃完晚餐，我就到候見廳裡看書，或在筆記簿上寫故事。兩個妹妹睡著了，走廊另一端，爸爸朗誦文章給媽媽聽，這是一天當中最美好的時刻。我躺在紅色地毯上，什麼事也不做，蠢蠢地發呆。我看著諾曼第式木頭大衣櫥，還有木頭雕花的時鐘，時鐘裡鎖著兩顆赤褐色的松果，以及時間的晦暗奧祕。牆上開著暖氣的輸送口，透過鍍金色的網紗，一股從深淵裡冒升上來的溫熱發著臭味。周圍這些默默的幽暗物體突然令我害怕。我聽見爸爸朗誦的聲音，我知道他念的是戈比諾伯爵所著的《人種不平等論》[7]。前一年，他念的是泰納所著的《現代法國的起源》[8]。明年，他又會開始另一本書，我還是會待在這裡，介於衣櫥和時鐘之間。還有多少年？還有多少個晚上？生命只是如此，一天消磨完接著

7 《人種不平等論》（*L'Essai sur l'inégalité des races humaines*），戈比諾伯爵（Comte de Gobineau）於十九世紀所著的種族主義論述。

8 《現代法國的起源》（*Les Origines de la France contemporaine*），泰納（Hippolyte Adolphe Taine）於十九世紀所著的歷史作品。

下一天？我會這樣百無聊賴直到死去嗎？我想念薩德納克小城，睡著之前還為白楊樹林掉了幾滴清淚。

兩天之後，我一瞬間就知道答案了。我踏進聖凱瑟琳教室，安德蕾朝著我微笑，我也對她微笑，伸出手。

「您什麼時候回來的？」

「昨晚。」

安德蕾帶著一絲狡黠看著我。

「您一定是開學日就報到了？」

「是啊，」我說：「您度假愉快嗎？」

「很愉快，您呢？」

「很愉快。」

我們像大人一般，談著些生活小事；但我突然驚愕且開心地領悟到，我心裡的空虛、每天提不起勁過日子的原因只有一個：安德蕾不在我身邊。沒有她的生活，不能叫作生活。薇勒諾芙修女坐在高背椅上，我對自己重複地說：「沒有安德蕾，我活不下去。」我的喜悅轉變為憂慮：我自問，如果她死了，我該怎麼辦呢？我會坐在同樣這張椅凳上，校長走進教室，低沉地說：「讓我們祈禱吧，我的孩子們，你們的小同學安德蕾・卡拉昨夜蒙主寵召了。」這樣的話！很簡單，我決定了，那麼我也會從椅凳上滑落，死在地上。這念頭並不使我害怕，因為我倆很快會在天堂的門口相會。

十一月十一日，大家為停戰協定歡慶，街頭巷尾人人開心相擁。四年以來，我祈禱這一天早日來臨，等待著一切改頭換面，以往依稀的回憶湧上心頭。爸爸換回了平民百姓的服裝，但其他一切都沒改變；爸爸不停談到一筆被布爾什維克黨人掠奪的資金，那些遠在天邊的人聽起來就像德國佬一樣可怕，似乎擁有駭人的力量，福煦元帥又受人擺布，本應該直搗黃龍打到柏林才對。爸爸認為前景堪慮，不敢重執事務所，只能在一家保險公司任職，他宣布我們必須縮減開支。媽媽辭退了愛麗莎，因為愛麗莎生活不檢點，晚上偷跑出去和消防員鬼混，改由媽媽自己擔下所有家務。晚上，媽媽心情鬱悶，爸爸也是，兩個妹妹經常哭鬧。我呢，這一切我都不在乎，因為我有安德蕾。

安德蕾長高了，身體也強壯了，我不再心生她會死的念頭；但是另一個危險威脅著我：學校裡對我們的友誼議論紛紛。安德蕾是個傑出的學生，我繼續拿第一名只是因為她不屑爭這個位置，我欣賞她的大方灑脫，卻模仿不來。但是她失去了修女老師們的歡心，她們覺得她說話似是而非、口吻嘲弄、太過驕傲，責備她心術不正。她們從來沒能抓住她放肆無理的小辮子，因為安德蕾小心刻意地保持距離，而這或許就是最激怒老師們的一點。鋼琴檢定那天，她們贏得一著。那天禮堂裡擠了滿滿的人：受檢定的學生們穿著她們最漂亮的洋裝，頭髮吹捲燙捲，繫著髮結，坐在第一排；後面坐著老師和學監，穿著絲質短上衣，戴著白手套；家長和賓客坐在最後方。安德蕾身穿一件藍色塔夫綢洋裝，像換了個人，彈奏她母親認為對她來說太難、她練習時也經常失敗好幾個小節的一段曲子。我很感動，感受到投在她身上不以為然的眼神，感覺她好像走在一條充滿荊棘的小路上。她毫無錯誤地彈完，對母親投去一個勝利的眼神，對她吐了吐舌頭。所有梳著髮捲的小女生驚訝地顫抖，在座母親們難堪難忍地咳嗽，修女們交換著眼光，校長整個臉脹紅。安德蕾走下台，奔向母親開心地笑著擁抱她，乃至於汪圖修女不敢當場上前斥責。但是幾天之後，汪圖修女跟媽媽說安德蕾帶壞我：我們上課講話，我經常冷笑，不守紀律，修女說課堂上要讓我們分開坐，我一整個星期都擔憂不已。卡拉太太覺得我學習認真，輕易地成功勸服媽媽不要管我們太多。她們兩位媽媽是學校的好主顧，我媽媽有三個女兒，卡拉太太不只有六個女兒，人面又廣，所以最終我們得以繼續和往常一樣坐在一起。

若是大人阻撓我們不能相見，安德蕾會難過嗎？一定沒有我那麼難過。大家都說我們倆形影不離，她也喜歡我勝過其他同學。但是她對她母親如此崇拜，使她身上所有其他感情都相形失色。她非常非常重視她的家庭，花好長時間逗兩個雙胞胎妹妹玩、幫她們洗澡、穿衣服，從那兩個模糊一團的肉體發出的聲音、做出的奇怪樣子猜出意思，充滿愛地哄著她們。更甚者，音樂也在她生命中占了一席重要地位。當她坐在鋼琴前，當她把小提琴架上頸窩、冥想地傾聽手指下流淌出的樂章，我想她聽到和自己的對話。在她心底祕密流動的深長對話之後，我們之間的對話顯得如此幼稚。有時候，當安德蕾拉小提琴時，鋼琴彈得很好的卡拉太太會幫她伴奏，我感覺自己完全被屏除在外。不，我們的友誼對安德蕾和對我不是同等重要，但是我太崇拜她，並不覺得受傷。

我父母在次年搬離位於蒙帕納斯大道上的公寓，搬到卡謝特街上一間狹窄的公寓，我連自己的獨立空間都沒有。安德蕾跟我說只要我想，隨時可以去她家一起念書。每次我踏進她的房間都如此感動，好想在胸前畫個十字。她的床頭上方掛了個十字架，圈繞著聖枝，對面牆上是達文西畫的聖安娜像，壁爐上方掛的是卡拉太太的肖像和一幀貝塔里城堡的照片；書架上是安德蕾私人藏書：《唐吉訶德》、《格列佛遊記》、《歐也妮·葛朗台》[9]，還有她能背出片段的《崔斯坦與伊索特》[10]；她通常喜歡的是寫實或諷刺的小說，所以她書架上這一系列愛情小說令我困惑。我憂慮地看著

---

9 《歐也妮·葛朗台》（*Eugénie Grandet*），巴爾札克的小說。

10 《崔斯坦與伊索特》（*Tristan et yseult*），法國作家朗格雷（Xavier de Langlais, 1906-1975）的小說。

環繞著安德蕾的四面牆和這些物品，很想知道她拉著小提琴弓弦時和自己的對話到底是什麼。我也想知道，她心裡充滿這麼多愛、這麼多事情要做、這麼有天賦，為什麼經常流露出憂傷而遙不可及的神情呢？她非常虔誠，當我去聖堂祈禱時，會看到她跪在聖壇前，臉埋在雙手裡，或是面對著耶穌苦路的某一站雙手張開仰望。她之後會獻身教會嗎？但另一方面，她堅持保有自由和人世間的喜樂。當她跟我敘述她的假期時，雙眼發亮：她騎著馬在松林間馳騁好幾個鐘頭，低處的松樹枝葉刮著她的臉；她在平靜的水塘裡、也在阿杜河湍急的水流中游泳。當她面對攤開的筆記本，一動也不動，眼神不知神遊何方之時，夢想的到底是哪個天堂呢？一天，她發現我盯著她看，尷尬地笑著說：

「您覺得我這是浪費時間？」

「我？一點也不是！」

安德蕾帶著點嘲諷的神情說：

「您從來沒有過夢想東夢想西嗎？」

「沒有。」我羞慚地說。

我會夢想什麼呢？我喜歡安德蕾勝過一切，既然她在我身邊，還有什麼可夢想的？

我不做白日夢，我用功讀書，對一切求知若渴。安德蕾有點取笑我，她或多或少對所有人都取笑，而我對她的訕笑欣然接受。但是有一次，她深深刺傷了我。那一年，我例外地去了薩德納克小城過復活節假期，第一次見識到那裡的春天景色，令我目眩神馳。我坐在花園裡的小桌前，攤開白紙，花了兩個鐘頭的時間對安德蕾描述新冒出的草地上鑽出的黃水仙和報春花、紫藤花的香氣、藍藍的天空，以及我心裡的悸動。她沒回信。假期結束，我在學校掛衣間看到她時，語帶責備地問她：

「您為什麼沒回我的信？沒收到嗎？」

「我收到信了。」安德蕾說。

「那您就是個大懶蟲！」我說。

安德蕾笑起來。

「我還以為您弄錯，把假期作業寄給我了……」

我的臉脹紅。

「作業？」

「老實說吧，您醞釀了這一大篇優美作文，不是專為了寄給我吧！」安德蕾說：「我想一定是一篇叫作〈描寫春天〉作文的草稿。」

「不是的，」我說：「雖然寫得一定不好，但這封信是專門寫給您的。」

布拉姊妹這時湊上來，帶著好奇的樣子纏著不走，我們就沒再說下去。但是在課堂上，我連拉丁文解釋都寫錯了。安德蕾覺得我的信可笑，這固然令我很傷心；但是她竟渾然不知我是多麼希望跟她分享一切，這是更令我難受的：我此時才明白，她完全完全不明白我對她的感情。

放學後我們一起走出學校，媽媽已經不再來接我下課，我通常都和安德蕾作伴回家。她突然抓住我的手肘，這手勢出乎意料，因為我們一向保持距離。

「席樂薇，我要為剛才說的話道歉，」她衝口說：「那完全是惡意，我當然知道您的信不是假期作業。」

「裡面寫的東西很可笑吧。」我說。

「一點也不！事實上是因為我收到信的那天心情很壞，而您在信中又顯得如此開心！」

「您為什麼心情壞呢？」我問。

安德蕾沉默了一陣才說：

「就這樣，不為什麼事，也為了所有事。」

她猶豫了一下。

「我當孩子當得很累了，」她突然說：「您不覺得童年怎麼永遠都過不完嗎？」

我訝異地看著她，安德蕾享有的自由比我多多了，而我呢，雖然家裡氣氛並不輕鬆愉快，卻一點也不想早日長大。想到自己竟已十三歲了，都讓我心驚肉跳呢。

「我不覺得，」我說：「大人的世界如此沉悶不變，每天都一模一樣，也不再學習任何事物……」

「啊！生命裡不是只有學習。」安德蕾不耐煩地說。

我本想反駁：「生命裡不是只有學習，還有您。」但是我們已經換了話題。我悲傷地想：人們會在書本裡表達愛意、仇恨，勇於說出心裡感受的一切，為什麼在真實生命裡卻做不到呢？我可以不吃不喝走上兩天兩夜，只為了見一見安德蕾、為她解決煩憂，而她對此卻毫無所知！

這個想法折磨了我好幾天，突然我心生一計：我要親手做個生日禮物送給安德蕾。

父母親的反應真難捉摸，通常媽媽都覺得我的念頭可笑，製作禮物這念頭她卻欣然首肯。在「時尚服飾店」老闆的建議下，我決定縫製一個精美奢華的手提包。我選購了一塊紅藍相間的絲質布料，燙金浮紋，厚實又閃閃發光，美得像童話。我把布包著我自己做的草編內框。雖然我厭惡縫紉，依舊仔細用心縫製，成品真的好漂亮，裡面還有櫻桃色亮布百褶襯裡。我用薄棉紙包好，放在紙盒裡，綁上緞帶。安德蕾十三歲生日那天，媽媽和我一起前往參加她的生日會，我們到的時候已經有很多人，我有點害羞地把紙盒遞給安德蕾。

「這是送您的生日禮物。」我說。

她驚訝地看著我，我加上一句：

「是我自己做的。」

她拿出閃閃發亮的手提包，雙頰微紅。

「席樂薇！真是太美了！您真好！」

我覺得，倘若不是我們兩人的母親在旁邊的話，她會上前擁抱我。

「也該謝謝勒芭居太太，」卡拉太太和藹可親地說：「因為一定是她費了這麼多工夫……」

「謝謝您，夫人。」安德蕾簡短道了謝之後，又感動地看著我。媽媽含糊地否認，我覺得胃裡一陣抽痛，因為我明白卡拉太太已不再喜歡我了。

＊＊＊

今日回想起來，我很佩服卡拉夫人的洞察力，事實上，我那時的確處於轉變的階段。我開始覺得老師們都很愚蠢，故意向她們提出一些尷尬的問題，跟她們較勁，無禮地頂撞她們的提醒。媽媽有時會念我幾句，但爸爸呢，當我跟他敘述我和修女老師們之間的爭執，他只是笑一笑，這笑讓我更肆無忌憚了。另一方面，我壓根不認為我這些惡作劇會牴觸上帝。當我告解時，一般不會講這些小孩子淘氣的小事。多明尼克神父也鼓勵我多思索玄祕的形而上，我認為塵世生活和我對宗教的探索是兩回事。告解時我說的大都是我的心態：欠缺熱忱、未時時刻刻把上帝放在心上、祈禱時不專心、對自己太過寬容之類的。我剛告解完這些不足之處，聽到告解亭窺視孔另一端多明尼克神父的聲音。

「就只有這樣嗎？」

我訝異地說不出話來。

「有人跟我說，我的小席樂薇已經不像昔日，」那聲音說：「她好像變得不專心、不聽話、目無尊長。」

我雙頰著了火，甚至吐不出一個字來。

「從今天開始，必須注意這些，」那聲音說：「我們過一陣子再談。」

多明尼克神父赦免了我，我踏出告解亭，頭快爆炸，連悔罪經都沒念就奔出了聖堂。這比那天在地鐵裡遇到一個男人掀開風衣，在我面前露出那截粉紅色的東西更令我震驚。

八年以來，我跪在多明尼克神父身前，就像跪在上帝面前一樣，結果呢，他不過是個喜歡蜚短流長的老人，和修女老師們一起搬弄是非，把她們打的小報告當真。對於自己曾對他敞開心扉，我真羞慚，他背叛了我。

從那天之後，我在走廊上一瞥見他的黑袍子，就滿臉發紅地逃跑。

那年下半年和次年，我就跑去聖蘇比教堂找那裡的牧師告解，而且經常更換不同的牧師。我繼續祈禱和冥想，但度假期間，突然望見一道曙光。我和以前一樣喜歡薩德納克小城，一到了那裡就四處散步遊走，但是現在我已經對野桑葚和灌木、榛果喪失興趣，現在我想做的是吸吮大戟的毒性乳白漿汁、一口咬下有著神祕名稱「索羅門印記」的朱紅色毒漿果。我做了一大堆被禁止的事：在兩餐飯之間吃蘋果、偷拿書架上層大仲馬[11]的小說來看、我和一個佃農的女兒談論小孩是怎麼來的。夜裡，在床上，我胡思亂想對自己編造了一堆奇怪的故事，弄得自己心緒不寧。有一天晚上，我躺在濕潤的草地上，仰望著月亮，我對自己說：「這些都是罪！」

11　大仲馬（Dumas Davy de la Pailleterie, 1802-1870），十九世紀法國文學家，著有《基度山恩仇記》、《三劍客》。

但是我毅然決定隨著我高興繼續吃蘋果、繼續看書、繼續談論、繼續做夢。我告訴自己：「我不相信上帝！」如何能一邊相信上帝，一邊又選擇故意不服從祂呢？我發現了這個真相，目瞪口呆：原來我不相信上帝。

爸爸以及很多我崇拜的作家都不信上帝；誠然，沒有上帝，世界就無從解釋，但是上帝也解釋不了什麼東西，總之人們對世界一無所知。我很快適應了自己這種新的心態，然而，一回到巴黎，我就被一股恐懼襲擊。雖然我們不能阻止自己心裡所想，但是爸爸上次說到應該槍斃那些失敗主義者，還有去年學校開除了一個高年級生，大家竊竊私語說是因為她喪失了對主的信仰。我必須小心隱藏我已不信上帝。我害怕安德蕾或許會察覺到這一點，夜裡冒著冷汗嚇醒。

幸好，我和安德蕾從來不談性也不談宗教。我們開始關心許多新的議題。我們研究法國大革命，崇拜卡米爾．德穆蘭[12]、羅蘭夫人[13]、甚至丹東[14]。我們暢談正義、平等、私有制。就這些議題，修女老師們的看法根本算不上數，而我們父母親的觀念又過時了，無法令我們心服。爸爸一天到晚看保皇黨的《法國行動報》，卡拉先生稍稍民主派一些，年輕時曾關注馬克·桑尼耶[15]，但是他現在已不年輕，他跟安德蕾解釋，所有的社會主義思想必然降低、乃至喪失靈性價值。他的說法無法讓我們信服，但是他的某些論點令我們擔憂。我們試著和瑪露的朋友們討論，她們比我們年長，應該知道的比我們多，但是她們的看法和卡拉先生相似，而且她們對這些議題沒什麼興趣。她們比較喜歡談論音樂、畫作、文學，而且談得

12 卡米爾·德穆蘭（Camille Desmoulins, 1760-1794），法國大革命期間活躍的記者、政治家，被送上斷頭台。

13 羅蘭夫人（Madame Roland, 1754-1793），法國大革命時期的政治家，被送上斷頭台。

14 丹東（Danton, 1759-1794），法國大革命初期領導人，被送上斷頭台。

15 馬克·桑尼耶（Marc Sangnier, 1873-1950），法國記者、政治家，提倡社會主義天主教運動。

都很膚淺。瑪露接待朋友的時候，經常要我們來幫忙倒茶，但是她感覺我們不大瞧得起她那些朋友，為了殺殺安德蕾的威風，經常擺出高她一等的姿態。有天下午，伊莎貝爾．巴利耶——她瘋狂愛著被她理想化的鋼琴老師，可他已經是三個孩子的爸爸——談到愛情小說，瑪露、古德表姊、荀斯蘭姊妹輪番談著各自喜歡的愛情小說。

「那你呢，安德蕾？」伊莎貝爾問。

「我覺得愛情小說很無聊。」安德蕾決斷地說。

「少來！」瑪露說：「全天下都知道《崔斯坦與伊索特》你都會背了。」

她又加上一句，說她不喜歡《崔斯坦與伊索特》這個故事；但是伊莎貝爾喜歡，夢幻地說她覺得這段柏拉圖式的愛情史詩好感人。安德蕾哈哈大笑。

「崔斯坦和伊索特的愛情，柏拉圖式！」她說：「不，一點都不柏拉圖！」

一陣尷尬的沉默中，古德表姊冷冷地說：

「小女生最好不要議論自己不懂的事。」

安德蕾又笑了，沒回嘴。我困惑詫異地看著她。她說的到底是什麼意思呢？我懷抱的愛只有一個：就是我對她的愛。

「可憐的伊莎貝爾，」我們回到她房間時，她說：「她得忘了她那崔斯坦才行，她的婚約幾乎談定了，和一個禿頭，難看死了。」她冷笑說：

「希望她相信聖禮的一見鍾情神蹟。」

「那是什麼？」

「我姨媽露易絲，也就是古德表姊的媽媽，說男女雙方在結婚聖禮上說出『我願意』的那一剎那，彼此就會一見鍾情。您也知道，這個理論對母親們來說很好用，不必在意女兒的感情，上帝會解決。」

「沒有人會真的相信這個。」我說。

「古德表姊就相信。」

安德蕾停頓了一下，說：

「我媽媽當然不至於這麼誇張，但是她說一旦結了婚，就會得到聖寵。」

她朝母親的照片看了一眼。

「媽媽和爸爸婚姻很幸福，」她用不確定的語調說：「但若不是外婆堅持，她不會嫁給他。她拒絕了兩次他的求婚。」

我看著卡拉太太的照片：想到她曾有顆年輕少女的心，感覺好奇特。

「她拒絕了！」

「是啊，她覺得爸爸太嚴峻。但是他很愛她，不氣餒，而在他們訂婚期間，她也開始愛他。」安德蕾不太肯定地說。

我們倆默默地沉思了一會兒。

「從早到晚和一個自己不愛的人生活在一起，應該很不快樂。」我說。

「應該很恐怖。」安德蕾說。

她身體一陣顫抖，就像看到蘭花一樣，兩臂起了雞皮疙瘩。

「我們在教義裡學到應該尊重自己的肉體，那麼在婚姻裡賣身，跟在市場上賣身同樣罪惡。」她說。

「我們未必非結婚不可。」我說。

「我要結婚，」安德蕾說：「但不會在我二十二歲之前。」

她突然把拉丁文課本放到桌面上。

「我們來學習吧？」她說。

我坐在她旁邊，兩人專心做著羅馬共和國與古迦太基第二次戰爭的拉丁文翻譯。

從那次之後，我們就不再去幫瑪露的朋友們倒茶了。我們所關切的問題只能靠自己找答案，不能仰賴別人。我們從未像那年一般如此熱烈討論。儘管我隱藏著內心那個祕密，不敢告訴她，我們之間的感情從未如此親近過。我們被允許一起去音樂堂、觀看古典經典戲劇。我們也發現了浪漫文學這片天地：我熱愛雨果[16]，安德蕾偏愛繆塞[17]，我們兩人都崇拜維尼[18]。我們開始計畫未來。家裡已經決定讓我在高中會考之後，繼續升學；安德蕾也希望畢業之後能夠到索邦大學。這學期結束時，我領受到童年時期最大的喜悅：卡拉太太竟意外地請我去貝塔里和他們共度兩星期的假期，媽媽答應了這項邀請。

我本以為安德蕾會來火車站接我，下了火車卻驚訝地看見卡拉太太。她穿著一身黑白色洋裝，頭戴一頂裝飾著雛菊的黑色草帽，以一條白色緞帶繫在脖子上。她把嘴唇湊近我額頭，但沒真正碰到。

「旅途愉快嗎，我的小席樂薇？」

「非常愉快，夫人，」我加上一句：「但我擔心我一身煤灰呢。」

在卡拉太太面前，我老隱約覺得自己處處不對勁。我的雙手髒兮兮，臉一定也髒了，但她似乎並沒多注意，有點心不在焉，對拉行李的人員機械式地笑一笑，就朝著她那輛英式馬車走去，拉車的是一匹棗紅馬。她解開繫在柱樁上的韁繩，敏捷地躍上馬車。

「上來吧。」

我上了馬車，坐在她旁邊。她戴著手套的雙手鬆鬆握著韁繩。

---

16 雨果（Victor-Marie Hugo, 1802-1885），十九世紀法國文學家。著有《悲慘世界》、《鐘樓怪人》。

17 繆塞（Alfred de Musset, 1810-1857），法國劇作家、詩人。

18 維尼（Alfred de Vigny, 1797-1863），法國詩人。

「我想在您和安德蕾見面前跟您談一談。」她眼睛沒看著我地說道。

我渾身僵直。她要給我什麼指示？她猜到我不信上帝了？若真如此，她又怎會邀請我前來？

「安德蕾遇到一些麻煩，您必須幫助她。」

我傻傻地重複。

「安德蕾遇到一些麻煩？」

卡拉太太突然把我當大人一樣同我說話，令我覺得很尷尬，其中透著些古怪。她拉緊韁繩，咂咂舌頭，馬開始緩步前行。

「安德蕾從沒跟您談起她的朋友貝爾納嗎？」

「沒有。」

馬車駛上一條塵土滿天的路，兩旁長著假金合歡。卡拉太太沉默了一會兒。

「貝爾納的父親擁有的土地，就緊臨著我母親的地，」沉默之後她說：「他來自那些前去阿根廷討生活而致富的巴斯克家族其中之一，他父親大半時間都在阿根廷，妻子和其他孩子也都在那邊。但是貝爾納身體孱弱，不能適應那裡的氣候，所以在這裡度過整個童年，由一個年老的姨母和幾個家庭老師照顧。」

卡拉太太轉過頭看著我。

「您知道，安德蕾出意外之後，來貝塔里，躺在木板床上養了一年傷，貝爾納每天都來找她玩。她孤單一人，傷口疼痛，百無聊賴，更何況，以他們那麼小的年紀，不必謹守男女分際。」她找藉口的語氣讓我不知所措。

「安德蕾沒跟我提過。」我說。

我喉頭一緊，很想跳下馬車逃走，就像那天我逃離多明尼克神父的告解室。

「他們每個暑假都會重逢，一起騎馬。之前他們都還只是孩子，只不過現在他們長大了。」

卡拉太太看著我的雙眼，她的眼裡帶著一絲祈求。

「您知道，席樂薇，貝爾納和安德蕾是絕對不可能結婚的，貝爾納的父親和我們一樣反對這個想法。因此我只好禁止安德蕾和他見面。」

我不知所云地結巴說：

「我了解。」

「她非常不諒解。」卡拉太太說。

她又看我一眼，眼光裡帶著懷疑和哀求。

「我就靠您了。」

「我能做什麼呢？」我問。

這些字衝出我的嘴巴，但它們毫無意義，傳到我的耳朵裡，連我自己都無法明白，我腦袋裡一片混亂黑暗。

「讓她分散點心思，談談她感興趣的事。如果有機會，也勸勸她。我怕她悶出病來。目前這個時候，我什麼都不能和她說。」卡拉太太說。

很顯然，她既擔心又不幸，但此時此刻我一點都不同情她，相反的，我厭惡她。我嘴邊低聲說：

「我會試試看。」

馬小跑步上了一條兩旁種著美洲橡木的大道，然後停在一棟牆上覆蓋著爬牆虎的大莊園前面：我在安德蕾房間壁爐上看過這莊園的相片。我現在知道為什麼她這麼喜歡貝塔里和在這裡騎馬散步了，我知道當她眼神迷濛時是在想什麼了。

「日安！」

安德蕾微笑地走下門前台階；她穿著一件白色洋裝，戴著一條綠色項鍊，剪短的頭髮像頭盔一樣發亮，看起來像個年輕小姐，我突然覺得她很美，這真是個突兀的想法，因為我們從未重視美不美的問題。

「我想席樂薇想先稍事梳洗，然後你們再下來晚餐。」卡拉太太說。

我跟著安德蕾穿過一間前廳，廳裡飄散著焦糖布丁、新打的地板蠟和老舊閣樓的氣味；鴿子咕咕叫；有人在彈鋼琴。我們走上樓，安德蕾推開一扇門。

「媽媽把您安置在我房間裡。」她說。

房間裡有一張大四柱床，頂著四根螺旋柱，房間另一頭是一張窄窄的沙發。若是在一個小時前，我該有多開心跟安德蕾同住一個房間！但是我踏進房間時心頭一緊：卡拉太太想利用我：為了讓安德蕾原諒她？為了讓安德蕾分心解憂？為了監視安德蕾？她到底在害怕什麼呢？

安德蕾靠到窗戶邊。

「天氣晴朗的時候，可以看到庇里牛斯山。」她漫不經心地說。

天黑了，天氣也不晴朗。我隨便梳洗一下，梳了梳頭，一邊心不在焉地報告我的旅程：這是我第一次獨自搭火車，應該算是個冒險，但我實在找不出什麼可說的。

「您該剪短頭髮。」安德蕾說。

「我媽媽不肯。」我說。

媽媽覺得短髮形象不好，所以我把長髮在頸後紮了個死氣沉沉的髮髻。

「我們下樓吧，我帶您去看藏書室。」安德蕾說。

鋼琴聲繼續，還有孩子們在唱歌，屋子裡充滿聲音：搬弄碗盤的聲音、腳步聲。我踏進藏書室：從創刊號開始完整的《兩個世界雜誌》典藏，路易．維洛、蒙塔朗貝的著作，拉科代爾的訓道書，德蒙伯爵的論文集，約瑟夫．德梅斯特[19]全集。藏書室裡擺設的底座桌上，陳設著一些蓄著腮邊鬍和長鬍子老者的肖像，他們是安德蕾的祖先，全都是激進的天主教徒。

那些肖像上的人雖已作古，依舊能感受到他們的存在，而在這些嚴峻的男士之間，安德蕾顯得格格不入：太年輕、太纖細，尤其太生氣勃勃。開飯鈴響了，我們走進飯廳。他們家好多人啊！她的家人我都認識，只除了外婆：她綁著白色頭巾，一張尋常老婆婆的臉龐，我對她沒什麼感覺。她哥哥剛從神學院回來，還穿著教士長袍。他正和瑪露和卡拉先生討論女性投票權的議題，似乎已經討論過很多次了；是啊，一個良家婦女的公民權還比不上一個醉漢小工人，是駭人聽聞的事；但是卡拉先生反駁說，在工人群體中，女性比男性還要更傾向共產革命，總之，若通過女性投票權，將會被利用來反對天主教。安德蕾一語不發。坐在桌子另一頭的雙胞胎妹妹互相投擲著麵包捻的小團球，卡拉太太微笑著並不制止。頭一次，我清楚地感覺這微笑下隱藏著一個陷阱。我經常羨慕安德蕾享有的自主性，突然間，我覺得她比我不自由多了。她的背後有這麼多過往歷史，周遭是這麼大的莊園、這麼龐大的家族，簡直像一座監獄，所有的出口都被牢牢看守著。

「那麼，您對我們的想法是什麼呢？」瑪露不客氣地問。

「我嗎？我沒有什麼想法，為什麼？」

19 路易・維洛（Louis Veuillot, 1813-1883）、蒙塔朗貝（Montalembert, 1810-1870）、拉科代爾（Lacordaire, 1802-1861）、德蒙伯爵（comte de Mun, 1841-1914）、約瑟夫・德梅斯特（Joseph de Maistre, 1753-1821），以上皆為積極捍衛天主教的作家、政治家、教會工作者。

「您眼睛在飯桌旁巡了一圈，勢必是在想什麼。」

「我在想你們家人真多啊，只是這樣。」我說。

我暗想自己得學著小心不露聲色。

吃完飯下桌時，卡拉太太對安德蕾說：

「你該帶席樂薇去花園看看。」

「好。」安德蕾說。

「帶上大衣，夜裡涼。」

安德蕾在穿衣間掛衣架上拿了兩件厚呢斗篷。鴿子現在都沉睡了。我們從通往倉庫棚屋的後門走出來，在車棚和柴棚之間，一隻狼狗扯著狗鍊嗚嗚叫，安德蕾走向狗屋。

「過來，我可憐的密爾撒，我帶你去散步。」

她解開狗鍊，狗狗高興地撲到她身上，然後趕在我們前面奔跑著。

「您覺得動物也有靈魂嗎？」安德蕾問我。

「我不知道。」

「如果動物沒有靈魂就太不公平了！牠們和人們一樣不幸。而且牠們還不明白原因，」安德蕾說：「不明白原因就更悲慘。」

我沒有回答。我期待這麼久的這個晚上！我心想終於能夠進入安德蕾生活的中心了，卻感覺她從來沒離我這麼遙遠：當安德蕾的祕密被揭露，她就不再是原來的她了。我們沉默地走在花園小徑上，小徑疏於整理，蔓生著錦葵和矢車菊。花園裡長滿高大的樹木和花朵。

「我們在那兒坐坐吧，」安德蕾指著一株藍雪松下的長椅。她從手提包裡掏出一包高盧香菸。

「我就不問您要不要一根囉？」

「我不需要，」我說：「您什麼時候開始抽菸了？」

「媽媽不准我抽，但是一旦不再聽話……」

她點燃菸，白煙直飄上她雙眼。我鼓足勇氣說：

「安德蕾，發生了什麼事？跟我說吧。」

「我想媽媽已經告訴您了，」安德蕾說：「她堅持要去接您……」

「她跟我談到您的朋友貝爾納。您從來沒跟我提起過。」

「我不能談到貝爾納。」安德蕾說；她左手像痙攣一般張開又緊握。

「但現在已人盡皆知。」

「您若不想談就不要談。」我激動地說。

安德蕾看著我。

「但是您不同，對您，我想吐露。」

她深深吸一口菸。

「媽媽跟您說了什麼？」

「說貝爾納和您如何成為朋友，然後說她禁止您和他見面。」

「她禁止我。」安德蕾說，把香菸扔到地上，一腳踩熄。

「我抵達這裡的那天晚上，晚飯後和貝爾納一起散步，很晚才回家。媽媽等著我，我立刻看出她的神色很奇怪，問了我一大堆問題。」安德蕾聳聳肩，用惱怒的語氣說：

「她問我我們是否擁抱親吻過！我們當然擁抱親吻過！我們相愛。」

我低下頭。安德蕾感到不幸，這念頭令我無法忍受；但是她的不幸我無法感同身受：擁抱親吻的愛不在我的認知範圍之內。

「媽媽跟我說了很多恐怖的事，」安德蕾說。她把自己緊包在厚呢斗篷裡。

「但為什麼呢？」

「他父母比我們家富有多了，但和我們不是同階層的人，完全不是。

聽說他們在南美洲巴西里約的生活不檢點，非常放蕩。」安德蕾帶著清教徒的神情說，並低聲加了一句：「而且貝爾納的母親是猶太人。」

我看著密爾撒，牠在草地中央一動也不動，雙耳朝天上的星星翹起，我和牠一樣，無法把心裡的感受用字句表達出來。

「所以呢？」我問。

「媽媽去找貝爾納的父親談，他完全同意：我不是個理想的婚姻對象。他決定帶貝爾納一起去西南部比亞里茨度假，然後前往阿根廷。貝爾納現在健康情況好很多了。」

「他已經走了？」

「對。媽媽不肯讓我跟他道別，但我沒遵守。您不會知道，」安德蕾說：「沒有比看見自己愛的人受苦更難忍的事了。」

她的聲音顫抖。

「他哭了，哭得好傷心！」

「他幾歲？」我問：「他長什麼模樣呢？」

「十五歲，和我同年。但是他對生命一無所知，」安德蕾說：「從沒有人關心過他，他只有我。」她在手提包裡翻找。

「我有一張他的照片。」

我看著這個愛著安德蕾、安德蕾擁抱親吻、離別時哭得如此傷心的陌生少年。他有一雙淺色的大眼睛，眼皮鼓脹，深色的頭髮剪得短短的像古羅馬卡拉卡拉皇帝，整個人像殉難者聖達西。

「他的眼睛和臉頰真像個小男孩，」安德蕾說：「但是您看他的嘴如此悲傷，就像抱歉自己生在這世上。」

她把頭倚在長椅背上，仰望著天空。

「有時候，我暗自希望他死了算了，至少受苦的只有我一個。」

安德蕾的手又痙攣起來。

「想到他此時此刻在哭泣，叫我無法忍受。」

「你們會再見面的！」我說：「既然你們相愛，就會再相見！等你們成年的那一天。」

「還要等六年，太久了。在我們這個年紀，六年太長了。不，」安德蕾絕望地說：「我知道再也無法見到他了。」

再也無法！頭一次這幾個字的全部重量壓在我心上，我在心裡反覆著這幾個字，望著沒有盡頭的天際，真想大聲喊。

「和他訣別後，回到這裡，」安德蕾說：「我爬到屋頂上，想從屋頂跳下來。」

「您想自殺？」

「我在屋頂上待了兩個鐘頭，猶豫了兩個鐘頭。我跟自己說，就算下地獄也沒關係，如果上帝不慈善，我也不想去天國了。」

安德蕾聳聳肩。

「我還是太害怕了，喔！不是怕死，相反地，我多麼想死！但我害怕地獄！如果下地獄的話，就不能獲得永生，那我就再也見不到貝爾納了。」

「您會在這塵世裡再見到他的！」我說。

安德蕾搖搖頭。

「一切都結束了。」

她猛然站起來。

「我們回去吧。我好冷。」

我們沉默地穿越草地。安德蕾拴好密爾撒，我們上樓進房間。我睡在四柱床上，她睡沙發床。她關掉燈。

「我沒跟媽媽說我去和貝爾納道別，」她說：「我不想聽到她會跟我說的話。」

我猶豫了一下，雖然我不喜歡卡拉太太，但覺得應該對安德蕾說實話。

「她非常擔心您。」我說。

「是啊，我相信她很擔心。」安德蕾說。

＊＊＊

接下來幾天安德蕾都沒談到貝爾納，我也不敢先提起。早上她拉了很久的小提琴，幾乎都是悲傷的樂曲。然後我們出門曬太陽，這裡的氣候比起我的家鄉乾燥很多，塵土漫天的小徑上一路都是無花果樹青澀的氣味，我在森林裡撿食著松子，還舔嘗了松樹上凝結成淚的松脂。散步回來，安德蕾就到馬房去，撫摸著她那匹栗色小馬，但她再也不騎了。

下午時光就沒那麼平靜了。卡拉太太忙著安排瑪露的婚事，為了掩飾那些不太熟識的男孩子的來訪，她乾脆敞開莊園大門，歡迎周遭所有「正派」的年輕人都來家裡玩。我們玩槌球、打網球，在草地上跳舞，吃著蛋糕談天說地。有一天，瑪露從她房間走下樓，穿著一襲山東綢洋裝，頭髮剛洗好燙著小捲子，安德蕾戳戳我的手肘。

「她這是相親行頭。」

那天，瑪露一整個下午都待在一個叫作聖西里安的男孩身邊，那傢伙其貌不揚，不打網球、不跳舞、沉默寡言，只偶爾幫我們撿撿球。他走了之後，卡拉太太和大女兒兩個關到藏書室裡，窗戶開著，我們聽到瑪露的聲音，「不，媽媽，不要這個，他太無趣了！」

「可憐的瑪露！」安德蕾說：「介紹給她的所有男生都又笨又醜！」

她坐在鞦韆上；車棚旁有個像露天運動場的場地，安德蕾經常在這裡盪高空鞦韆或吊單槓，她對這些很拿手。她抓緊鞦韆繩。

「推我。」

我推，當鞦韆開始來回擺盪，她站起來，小腿用力一蹬，鞦韆很快就盪到樹的頂端。

「別盪這麼高！」我大聲喊。

她不回答，飛得高高的，盪回來之後又飛得更高。本來在狗籠旁邊玩著木屑的兩個雙胞胎妹妹，也抬起頭饒有興致地看著。遠處有網球拍擊球的暗沉聲音。安德蕾擦觸著楓樹的葉子，我開始感到害怕：我聽到鞦韆鋼鉤發出嘰嘰的聲音。

「安德蕾！」

整個莊園一片寧靜，地下室的廚房氣窗傳上來模糊的嗡嗡聲，牆邊的飛燕草和椴花幾乎靜止不動。我很害怕，不敢抓住鞦韆板，也不敢喊得太大聲，但我心想鞦韆很可能倒下，或是安德蕾頭昏了把手鬆開，光是看著鞦韆在天空裡像鐘擺似的瘋狂上下擺盪，我都頭昏想吐了。為什麼她要盪這麼久呢？當她盪過我身旁，一身白色洋裝站得直挺挺，眼神堅定，嘴唇緊抿。或許她腦袋裡某根筋斷了，再也停不下來。晚飯鈴響了，密爾撒開始高聲叫。安德蕾繼續在樹梢間翻飛著，我對自己說：「她要自殺。」

「安德蕾！」

另一個聲音大喊。卡拉太太走過來，氣得一臉鐵青。

「立刻下來！這是個命令，下來！」

安德蕾眨眨眼，垂下眼看著地面，她在鞦韆板上蹲下來，然後坐下來，雙腳猛然擦著地停下鍬韆，整個人滾躺在草地上。

「您沒受傷吧？」

「沒有。」

她哈哈哈笑起來，笑得岔了氣開始打嗝，一直平躺在草地上，閉著雙眼。

「你這樣當然會生病！盪鍬韆盪半個鐘頭！你到底幾歲了？」卡拉太太語氣嚴峻。

安德蕾睜開眼睛。

「天空在旋轉。」

「你應該去準備明天下午點心的蛋糕才對！」

「我晚餐後再做，」安德蕾站起身說。她手撐著我的肩膀，「我走不穩了。」

卡拉太太往回走，手牽著兩個雙胞胎帶她們回屋。安德蕾仰頭望著樹梢。

「在高處好舒服。」她說。

「您嚇死我了。」我說。

「喔！鞦韆很牢固，從來沒出過事。」安德蕾說。

不，她沒有自殺的意思；自殺已是過去式。但是當我想到她那堅定的眼神和緊抿的嘴唇，我還是害怕。

晚飯後，廚房清空了，安德蕾就下到廚房，我也陪她去。廚房寬敞無比，占了半個地下室面積；白天裡，可以隔著氣窗口看到走過的人的腿、雉雞、狗、人腳，但在這個時候，窗外沒有半點動靜，只有被拴著的密爾撒低聲嗚嗚叫。四下寂靜，只有鑄鐵爐裡的火熊熊燃燒。安德蕾打蛋、量糖和發粉的時候，我觀察著四面牆，打開餐具櫥。一堆銅製廚具閃閃發光：一排又一排的大鍋小鍋、除渣勺、盆、舊時暖那些鬍鬚祖先被窩的暖床爐；擺盤架上，我讚賞那組五顏六色富有童趣的搪瓷大盤子。鑄鐵的、陶土的、粗陶的、瓷器的、鋁製的、錫製的，一天一地的深鍋、平底鍋、砂鍋、雙耳鍋、帶柄圓筒鍋、湯盆、湯碗、盤子、金屬烤模、漏勺、鍘刀、碾磨器、糕點模子、研缽！各式各樣的碗、杯子、玻璃杯、笛型和碟型香檳酒杯、餐盤、碟子、船型醬碟、小罐、水罐、大柄小口酒罐、寬底玻璃瓶！難道每一種湯匙、大勺、叉子、刀子都真的有不同的用途嗎？我們需要這麼多不同的器皿才能滿足用途嗎？這個位於地下的廚房世界，應該要有一場又一場豪華精緻的大型饗宴才能亮相，但據我所知，這樣的機會並未出現過。

「這些全部會用到嗎？」我問安德蕾。

「多多少少，傳統規矩多得很。」她說。

她把蛋糕蒼白的模具送進烤箱。

「您還沒見識到呢，來，到酒窖看看。」

我們先穿過存放乳製品的儲藏室：上了釉的大碗小缽，拋光木製攪乳器，一塊塊奶油，白紗布蓋著的滑潤白乳酪。這缺乏衛生的做法和嬰兒奶臭的味道讓我掩鼻而逃。我比較喜歡酒窖，滿滿收藏著一瓶瓶灰塵滿布的酒和裝滿烈酒的橡木桶，大量吊掛的火腿、臘腸，成堆的洋蔥和馬鈴薯令我頭昏目眩。

「所以她需要翻飛在樹梢之間。」我看著安德蕾這麼想。

「您喜歡吃浸在櫻桃烈酒裡的櫻桃嗎？」

「我從沒吃過。」

櫥架上擺著滿滿千百罐果醬，每罐上面都覆蓋一張羊皮紙，寫著製造年月日和水果名稱。還有一罐又一罐用糖水或烈酒保存的水果。安德蕾選了一罐酒漬櫻桃，拿到廚房裡。她把罐子放在桌上，用木勺盛了兩杯櫻桃，還直接用木勺嘗了那粉紅色的浸液。

「外婆酒放得多，」她說：「喝這個很容易就醉了。」

我掐著果梗，拿起一顆褪了顏色、有點枯萎皺縮的櫻桃，它已經沒有櫻桃的味道，但是我喜歡酒漬的暖熱。我問：

「您曾經喝醉過嗎？」

安德蕾的臉龐亮起來。

「有過一次，和貝爾納，我們喝光了一瓶蕁麻酒。剛開始很好玩，頭轉得比下了鞦韆還厲害，但是到後來就想吐了。」

烤箱的火熊熊地燒，我們開始聞到溫濕的蛋糕香味。既然安德蕾先提起貝爾納的名字，我就敢問她了。

「是您發生意外之後，你們才成為朋友的？他常來看您？」

「是啊。我們一起玩西洋棋、骨牌、俄羅斯銀行。貝爾納那一陣子經常暴怒，有一次我說他作弊，他踢了我一腳，剛好踢到我右大腿上，他不是故意的。我痛得昏過去。當我醒來時，他已經找了救援，他們已經幫我重換了繃帶。他在我床前抽噎哭泣。」

安德蕾望向遠方。

「我從來沒看過一個小男孩哭泣，我的兄弟和表兄弟都很粗野。當醫護人員走了，剩下我們兩個，我們就擁抱親吻了……」

安德蕾又把我倆的杯子盛滿櫻桃，蛋糕氣味更濃郁了，烤箱裡的蛋糕應該烤得金黃了。密爾撒不再嗚嗚叫，應該是睡著了，所有人都睡著了。

「然後他開始愛我。」安德蕾說。

她轉過頭看著我。

「我不知該怎麼解釋，這對我的生活是多麼大的轉變！我經常想這世上沒有人會愛我。」

我驚跳起來。

「您這麼想？」

「是。」

「為什麼呢？」我驚詫地說。

她聳聳肩。

「我覺得我很醜、很笨拙、一點都不吸引人；而且的確也沒有人關心我。」

「那您母親呢？」我說。

「喔！母親一定是愛孩子的，這不算。媽媽愛我們每個孩子，但我們人數這麼多！」

她的聲音帶著嫌惡。她是嫉妒兄弟姊妹嗎？我在卡拉太太身上感受到的冷漠，她也因此而受苦嗎？我從來沒想到她對母親的愛會是一份不幸的愛。她雙手按在光亮的木頭桌面上。

「這世上只有貝爾納因為我是我而愛我，只因我是這樣，因為我是我。」她用激烈的語調說。

「那我呢？」我說。

這三個字脫口而出。我覺得好不公平，極其憤慨。安德蕾訝異地盯著我。

「您？」

「我難道不是因為您是您而愛您嗎？」

「當然是。」安德蕾猶豫不決地說。

酒精的熱氣和我的氣憤讓我鼓足勇氣，我想跟安德蕾說那些書上才會讀到的話語。

「您從來不知道，自從我見到您的那一天，您就是我的全部，」我說：「我那時決定了，如果您死了，我也會立刻死去。」

我用的是過去式，也盡量試著用冷淡的語氣。安德蕾依舊錯愕地看著我。

「我還以為您真正在乎的只是書本和學習。」

「但您排在這些之前，」我說：「我可以放棄一切，只為了不失去您。」

她沉默不語，我問她：

「您都沒任何猜測嗎？」

「您送我生日禮物手提袋的時候，我覺得您是真的喜歡我。」

「比喜歡多得多！」我悲傷地說。

她露出感動的神情。為什麼我無法讓她感受到我的愛呢？她如此高不可攀，我以為她毫無所缺。

「真奇怪，」安德蕾說：「我們這麼多年來形影不離，但我發現對您的認識如此不足！我對人太快下評斷了。」她懊悔地說。

我不想讓她覺得歉疚。

「我也是啊，我對您認識不足，」我激動地說：「我以為您自豪自己是這樣，我還很羨慕您。」

「我並不自豪。」她說。

她站起來走向爐子。

「蛋糕烤好了。」她打開烤箱說。

她關掉爐火，把蛋糕放在食品櫥櫃裡。我們上樓回房間，一邊換衣服時，她問我：

「您明天早上要領聖體嗎？」

「不要。」我說。

「那我們一起去做大彌撒吧。我也不領聖體，我犯了罪，」她漫不經心地說：「我一直沒告訴媽媽我沒遵守她的話，更糟糕的是我並不後悔。」

我鑽進四個床柱裡的被窩。

「您不能一面都不見就讓貝爾納離去。」

「我不能！」安德蕾說：「他會以為我不在乎，那他就會更絕望了。我做不到。」她重複地說。

「那麼，您不遵守母親的話是對的。」我說。

「喔！」安德蕾說：「有時候，不管怎麼做，都是罪惡。」

她睡下，但還留著床頭的藍色小燈。

「這是我無法了解的，」她說：「為什麼上帝不清楚告訴我們祂到底要我們怎麼做呢？」

我沒回答，安德蕾在床上翻來翻去，調整枕頭。
「我想問您一件事。」
「問吧。」
「您還一直相信上帝嗎？」
我沒遲疑，這一晚，真相已不再令我害怕。
「我已經不相信上帝了，」我說：「我不相信上帝已經一年了。」
「我也猜到了。」安德蕾說。
她從枕頭上直起身。
「席樂薇！人生不可能只有這麼一種！」
「我不再相信上帝。」我重複說。
「有時候真的很難。」安德蕾說：「上帝為什麼要我們不幸呢？我哥哥回說問題是在罪，而不在上帝，教會神父長久以來已經說服了他，他只是把神學院聽到的重複一遍而已；我並不信服。」

「不，如果上帝存在的話，我無法了解何以會有惡。」我說。

「或許必須接受『無法了解』這個事實吧，」安德蕾說：「想要了解所有的事，就是傲慢。」

她關掉床頭小燈，低聲說：

「一定還有另一種人生。必須有另一種人生！」

我睡醒時似乎抱著些許期望，但立刻就失望了：安德蕾還是照常，我也照常，我們如同平日一樣互道早安。我的失望情緒持續了好幾天。當然，我們已經如此親近，也不能更親近了。在我們六年的友情裡，那幾句話分量並不重，但是當我回想起我們在廚房裡度過的那一個鐘頭事實上什麼都沒發生，心裡還是有些悲傷。

一個早晨，我們坐在無花果樹下，吃著無花果。巴黎市場上賣的大顆的紫色無花果就像蔬菜一樣索然無味，我喜歡的是這種小個頭淺綠色的，裡面充滿一粒粒漿果。

「我昨天晚上和媽媽談了。」安德蕾說。

我心裡揪了一下，安德蕾遠離她媽媽的時候，和我比較近。

「她問我週日要不要領聖體。我上週日沒領聖體令她焦慮不安。」

「她猜到原因了嗎？」

「並不全然。但我告訴她了。」

「啊！您告訴她了？」

安德蕾臉頰倚著無花果樹。

「可憐的媽媽！她最近要操心的事好多啊⋯⋯為了瑪露，為了我。」

「她罵您了嗎？」

「她說以她個人來說，能原諒我，其他的就是我和告解神父之間的事了。」安德蕾神情嚴肅地看著我，「要理解她。她負責教育我的靈魂。而且她可能也不懂上帝到底要她怎麼做。這對任何人來說都不是件容易的事。」

「是啊，是不容易。」我含糊地說。

我忿忿不平。卡拉太太折磨著女兒，現在反倒變成受害者了！

「媽媽跟我談話的方式讓我震驚，」安德蕾感動地說：「您知道嗎，她在年輕時，也經歷過很艱難的時刻。」

安德蕾看看周遭。

「就在此地，在這幾條小徑上，她經歷過很艱難的時刻。」

「您外婆很專橫？」

「嗯。」

安德蕾神遊了一會兒。

「媽媽說恩典是存在的，上帝讓我們接受考驗測試，祂會幫助貝爾納、幫助我，就像當初幫助媽媽一樣。」

她直視我雙眼。

「席樂薇，若您不相信上帝，如何能忍受這人生呢？」

「但是我熱愛生命。」我說。

「我也是，但問題就在此：若我想到我愛的人會死而不獲永生，我會立刻自殺。」

「我一點都不想自殺。」我說。

我們離開無花果樹蔭下，無言地走回屋子。安德蕾下一個週日就領了聖體。

第二章

我們通過高中會考，經過一番激辯之後，卡拉太太讓步，答應讓安德蕾到索邦大學念三年書。安德蕾選擇了文學系，我選了哲學系，我們經常在圖書館肩並肩一起念書，但上課時我是獨自一人。同學們講話的用語、姿態、內容都讓我大驚失色；我謹守著基督教道德規範，覺得他們太過放蕩不羈。我和巴斯卡．布龍代親近起來並非偶然，他是出了名的虔誠天主教徒。我欣賞他的聰明，也欣賞他完美的教養和天使般的臉孔。他對所有同學都親切微笑，但保持距離，對女同學尤其敬而遠之，但我對哲學的熱忱令他放下戒心。我們經常深度討論，只除了上帝存在與否的問題之外，大抵上我們幾乎對任何議題都有一致的看法。我們決定兩人一起研讀，巴斯卡厭惡所有公共場所、圖書館、小酒館，所以我去他家念書。他和父親、姊姊同住的公寓和我父母家相似，他的房間平凡無特色令我失望。從雅蝶萊伊中學畢業以來，和我同輩的年輕人在我眼裡帶著神祕的色彩，我猜想他們對生命的奧祕一定比我知道得多；然而巴斯卡房間裡的家具、他的藏書、象牙十字架、葛雷柯的複製畫作，沒有任何顯示他是和我與安德蕾不同類的人。他早就已經獲准晚上單獨出門和看想看的書，但是我很快就發現，他的天地和我的一樣狹窄。他在他父親任教的一所宗教學院裡成長，喜歡的就只有學業和家人。我處心積慮想離家，很驚訝他覺得住在家裡非常好。他搖著頭，用老年人懷舊的語氣說：「沒有比現在讓我覺得更快樂的時候了。」他跟我說他父親令人欽佩，年輕時生活很苦，晚婚，五十歲時喪偶，獨自照料一個十歲的小女孩和一個襁褓中的嬰兒，全心全意為孩子犧牲。至於他姊姊，巴斯卡視為聖女，未婚夫在戰爭中喪生，她決定此生永不結婚。她把栗色頭髮朝後梳，用一條大緞帶紮緊，露出令人敬畏的寬闊額頭，她臉很白，眼神充滿靈氣，微笑時光彩奪目但嚴峻。她穿的洋裝顏色都很暗沉，剪裁都是同一式樣，端莊嚴肅，襯著一個寬大的白色領口。她對弟弟的教育不遺餘力，試著引導他走向聖職一途。我猜想她一定有寫日記的習慣，把自己當成歐仁妮・德・蓋韓[20]；我想像她邊用微微發紅的大手縫補著家人的襪子，邊背誦著魏爾倫[21]的詩《枯燥簡單的卑

20 歐仁妮・德・蓋韓（Eugénie de Guérin, 1805-1848），法國女作家，十四歲喪母後，便取代母親地位照顧弟弟，在日記裡記載與弟弟日常生活點滴。

21 魏爾倫（Paul Verlaine, 1844-1896），十九世紀法國詩人。德布西的《月光》靈感來自其詩作《月光曲》（*Clair de lune*）。

微生活》。巴斯卡是個好學生、好兒子、好基督教徒，我覺得他有點太乖乖牌，有時候看起來就像個還俗的修道院修士。而我呢，也有好多讓他看不順眼的地方。然而，儘管後來有其他同學讓我更感興趣，我們的友誼依舊彌堅。卡拉家舉辦瑪露訂婚舞會的那天，我攜的男伴就是他。

在拿破崙墳墓散了不知幾圈步，在巴葛蒂爾公園不知聞了多少玫瑰，在朗德地區森林裡不知吃了多少俄國沙拉的這些種種約會之後，《卡門》、《曼儂》、《拉克美》這些浪漫歌劇聽到都會背了的瑪露終於覓得了郎君。自從滿二十五歲之後，她母親每天重複：「要不就進修道院，要不就結婚，單身不是一個志向。」一天晚上，前往歌劇院的途中，卡拉太太宣布：「這一次再不成就算了，下一次機會留給安德蕾了。」[22]瑪露只好答應嫁給一個四十歲、為了兩個女兒而再婚的鰥夫。為了慶祝，卡拉家辦了一場日間舞會，安德蕾堅持要我去參加。我穿上一個剛進了修道院的表姊留給我的平織絲質灰色連身裙，在卡拉家門口和巴斯卡會合。

卡拉先生這五年來升職加了一大筆薪，現在搬到馬柏夫街一間豪華公寓，我幾乎還沒去過。卡拉太太馬虎地跟我說聲日安，她已經很久不跟我親吻臉頰，看到我幾乎懶得微笑。然而她不帶斥責仔細打量著巴斯卡：巴斯卡那既深沉又內斂的模樣深得女人歡心。安德蕾敷衍地對他笑一笑，她兩個黑眼圈，我猜想她可能剛哭過。「您若需要補妝的話，我房間裡有一切必需品。」她跟我說。這是一個婉轉的邀約。在卡拉家，搽粉是被允許的，但是我母親、她的姊妹、她的女性朋友都認為搽粉是不好的，認為「脂粉敗壞臉色」。我和兩個妹妹經常討論，認為那些婦女這麼擔心脂粉

22　以上所說的散步、去公園、到森林野餐、去歌劇院聽歌劇都是相親的活動，表示瑪露已經相親無數次。

侵害，結果臉色那麼難看，得不償失。

我在臉上補了幾下粉撲，梳了一下沒什麼型的頭髮，然後看著客廳。年輕人在年長女士溫柔的眼光下跳著舞。場面其實並不怎麼美。顏色太亮或太媚的塔夫綢和緞布，露肩低胸平領，設計不佳的垂墜皺褶，只會給這些被訓練忘卻自己身軀的年輕基督教乖乖女更加減分。只有安德蕾賞心悅目。她的秀髮發亮，指甲散發光澤，身穿一件漂亮的深藍色薄綢連身裙和細跟高跟鞋。但是儘管她兩頰塗了腮紅，看起來還是氣色疲憊。

「多麼不堪！」我對巴斯卡說。

「什麼呢？」

「這一切！」

「不會啊。」他興致高昂地說。

巴斯卡從不會認同我的嚴厲批評或偶爾的狂熱，他說在所有人身上都能找到值得喜歡的地方，也因如此，大家都喜歡他：在他專注的眼光下，所有人都和善親切。

他帶著我跳舞，然後我也和其他男生跳舞，那些男生每個都醜，我和他們沒話可聊，他們對我也無話可說。天氣很熱，我覺得無奈無聊。我眼光緊盯著安德蕾，她對所有男舞伴一視同仁地微笑，對年紀大的太太們輕輕屈膝行禮，我覺得她這行禮無懈可擊地完美，但我並不喜歡她如此輕鬆自如地扮演上流淑女的角色。我有點擔憂地暗想：她會像她姊姊一樣任由別人安排婚姻嗎？幾個月前，安德蕾和貝爾納在比亞里茨重逢，貝爾納開著一輛淺藍色長型車，穿著三件頭白色西裝，手指戴著戒指，身邊一個看起來生活放蕩的金髮美女。他們倆握手問好，找不到什麼話題可說。安德蕾跟我說：「媽媽說的沒錯：我們兩個不適合。」我心想，他們如果沒被拆散，他或許會是不同的樣子？也或許不會。總之，他們見面之後，安德蕾談起愛情總帶著一股苦澀。

兩支舞之間，我終於擠到了她身邊。

「能說個五分鐘話嗎？」

她摸摸太陽穴，一定是頭疼，她這陣子經常頭疼。「在樓梯見吧，樓梯最高那層。我會偷偷溜過去。」她看看一組組成雙成對的舞伴，「我們的母親不允許我們和年輕男子出去散步，現在卻笑得開心看著我們一起跳舞，真是天真！」

安德蕾常把我心底隱約暗想的念頭大聲赤裸地說出來。是啊，這些虔誠基督信徒的母親們，看到女兒滿臉通紅害臊地投身在男生手臂裡跳舞，才應該擔心吧。我十五歲的時候，多厭惡舞蹈課啊！只要對方一碰觸到我，我就感到一股難以形容的不舒服，就像胃起了痙攣，一股疲憊和悲傷毫無原因地襲來，一旦有了這種感受，我就很排斥跳舞，一想到無論是誰的接觸都會引起我心理的不適，這種不理性的反應讓我很惱火。眼前這些跳舞的小女生想必比我天真，或是自尊心沒我那麼強，這麼一想起來，光看到她們翩翩起舞就讓我不舒服。那安德蕾呢？她的百無禁忌經常迫使我思考一些光是想想都會讓我震驚的問題。她到樓梯上和我會合，我們坐在最高一階上。

「喘口氣真好！」她說。

「您頭在疼？」

「是啊。」

安德蕾微笑。

「可能是早上喝的混合液體吧。通常要振奮精神，我會喝一杯咖啡或是一杯白酒，今天早上我把兩個混在一起喝。」

「咖啡和酒？」

「倒也沒那麼難喝，喝下去的確讓我精神大振。」

安德蕾收起微笑。

「我一整夜沒睡。我真替瑪露感到難過！」

安德蕾和她姊姊從沒相親相愛過，但是她對別人遭受到的事都將心比心。

「可憐的瑪露！」她說：「這兩天她詢問了所有好朋友的意見，所有人都勸她接受。尤其是古德表姊。」

安德蕾冷笑著說：

「古德表姊說到了二十八歲，夜夜獨眠是無法忍受的。」

「夜夜和一個不愛的男人共眠，難道就好嗎？」

我微笑。

「古德表姊還相信聖禮的一見鍾情神蹟嗎？」

「我想還是。」安德蕾說，她神經質地撥弄脖子上掛著金牌墜的金項鍊。

「啊！這沒那麼容易，您呢，您會有一份職業，就算不結婚也是有用的人。但是像古德表姊這樣沒用的老小姐，沒那麼容易。」

我經常自私地慶幸，布爾什維克黨和生命中的厄運讓我父親破產，讓我必須工作，安德蕾煩惱的那些問題與我無關。

「您家人不可能讓您準備教師甄試嗎？」

「不可能！」安德蕾說：「明年，我就會落到和瑪露一樣的境遇。」

「您母親會想辦法把您嫁掉？」

安德蕾低聲笑了一下。

「我相信她已經開始了，有一個矮小的綜合工科學生仔細地詢問我的愛好。我跟他說我喜歡吃魚子醬，愛穿名牌和上夜總會，我喜歡的男人類型是明星路易・如維[23]。」

「他信了？」

「總之他露出憂心的樣子。」

我們又聊了幾分鐘，安德蕾看看手錶。

「我得下樓了。」

我厭惡這個奴役人的小手鍊。當我們在圖書館綠色檯燈下安靜念書時，當我們在蘇弗洛路上喝茶時，當我們走在盧森堡公園裡的小徑時，安德蕾會突然看看錶面，大驚失色地跑走，「我遲到了！」她老是有做不完的事，她母親交代一大堆煩人瑣事，她像苦修士一樣欣然接受。她依舊固執地崇拜著母親，就算有的事她不得不違背母親，也是因為母親把她逼得非反抗不行。在我去他們貝塔里的家度假後沒多久——安德蕾那時才十五歲——卡拉太太就巨細靡遺、粗俗赤裸地跟她解釋性的事情，現在回想起來還讓她嚇得顫抖；之後，她母親就雲淡風輕地允許她看陸克斯[24]、薄伽丘[25]、拉伯雷[26]的書，虔誠基督徒的卡拉太太不擔心那些露骨、甚至淫穢的書籍，另一方面卻嚴厲批判那些曲解信仰和天主教道德規範的人。當她看到安德蕾手上拿著克洛岱爾[27]、莫里亞克[28]、貝爾納諾斯[29]的小說，就會

23 路易．如維（Louis Jouvet, 1887-1951），法國演員、劇場導演。

24 《陸克斯》（Lucrèce），指莎士比亞寫的關於羅馬貴婦陸克斯的教事詩，全名為《陸克斯的強姦》。

25 薄伽丘（Giovanni Boccaccio, 1313-1375），義大利文藝復興時期佛羅倫斯共和國作家。著有《十日談》。

26 拉伯雷（François Rabelais, 1493-1553），法國文藝復興時期作家。著有《巨人傳》。

27 克洛岱爾（Paul-Louis-Charles-Marie Claudel, 1868-1955），中文名高樂特、高祿德，法國作家。一八九五至一九〇九年在中國擔任領事。

28 莫里亞克（François Mauriac, 1885-1970），法國小說家，一九五二年諾貝爾文學獎得主。

29 貝爾納諾斯（Georges Bernanos, 1888-1948），法國作家。

說：「你若想多了解你信仰的宗教，不如念神父們的著作。」她認為我對安德蕾有不良的影響，想禁止她跟我來往。但是安德蕾受到一位視野開闊的導師鼓勵，不肯屈從母親。只不過為了尋求母親原諒她繼續求學、她看的書籍、我們的友情，她全力以赴一絲不苟地實踐卡拉太太稱之為的「社會義務」。因此她老是頭疼，白天奔忙幾乎沒時間練習小提琴和念書，只好犧牲夜晚，雖然她學習速度快，但睡眠根本不夠。

舞會快結束前，巴斯卡邀她跳了好幾支舞，送我回家時，他語意深長地說：

「您那位朋友人很和善。我在索邦常看到你們兩個在一起，您怎麼都沒介紹給我呢？」

「我壓根沒想到過。」我說。

「我想再跟她見面。」

「那很容易。」

我很訝異他顯露出受到安德蕾的魅力所吸引，通常他對女性如同對男性一般友好，甚至還更友善，但是他對她們並不看重，雖然他待所有人都親切，卻也保持距離。至於安德蕾呢，面對新面孔，她的第一反應就是戒備。在成長過程中，她震驚地發現一些狀似虔誠的人小氣、自私、度量狹窄的行為，和福音書上所教的差了十萬八千里，面對這些虛偽，她以玩世不恭的態度來保護自己。我跟他說巴斯卡絕頂聰明，她相信是這樣，但是儘管她痛恨愚蠢，卻不認為聰明是什麼優點。她帶著一絲惱怒問：「他很聰明又怎麼樣？」不知到底出於什麼原因，她對所有普世價值都帶著懷疑的態度。就算她醉心於某個藝術家、作家、演員，也一定是為了一些奇怪矛盾的理由，她喜歡的只是他們身上淺薄的、甚至似是而非的優點。她之所以著迷如維，是因為他扮演的一個酒鬼角色，她痴迷到甚至把他的照片貼在房間裡。她表現的這些痴迷最主要是對那些好人的假道學的對抗，並不是真的正經。但是她跟我談到巴斯卡時，神情很正經。

「我覺得他很和善可親。」

巴斯卡開始和我們一道去蘇弗洛路喝茶，陪我們去盧森堡公園。他第二次來，我就先走了，留下他和安德蕾獨處。接下來，他們經常單獨相見。我並不嫉妒。自從在貝塔里的廚房裡我跟安德蕾坦白我喜歡她的那一天起，我就開始慢慢少愛她一點。她對我來說還是極其重要，但現在除了她之外，還有世界，還有我自己：她已不是我的全部。

卡拉太太一方面看到安德蕾學業即將完成，並未喪失信仰和道德觀，另一方面把大女兒嫁出去了，覺得安了心，那一整個春季放鬆了許多。安德蕾不再不停看手錶，常常和巴斯卡兩人單獨相處，我們三人也常常一起出去。他立刻對她產生了影響。他開始笑她那些尖刻的想法、看破人世的念頭，而且很快就責備她的悲觀。「人性沒那麼暗黑。」他說。他們討論世間之惡、原罪、恩典這些議題，他批評安德蕾沾染了冉森教派[30]的思想。安德蕾非常驚訝，在第一時間，她訝異地跟我說：「他好年輕啊！」繼之，她錯愕地跟我說：「和巴斯卡比起來，我覺得自己像個尖酸的老太婆。」她最後認為巴斯卡說的有道理。

「預先認定與自己相仿的人類是惡劣的，就是牴觸上帝，」她跟我說。又說：「一個基督徒必須嚴謹審慎，但不會焦慮不安。」她激動地又加上一句：「巴斯卡是我遇見的第一個真正的基督徒！」

不只是巴斯卡的言論，他整個人也讓安德蕾重新對人性、對世界、對上帝產生信任。他相信上帝，熱愛生命，個性開朗，人品無懈可擊，所

---

30 冉森教派（jansénisme）是十七世紀在法國流行的基督教派，理論強調原罪、人類的敗壞，人類只能靠上帝的恩典得到救贖。

以，人未必都是壞蛋，有德行不一定都是虛假，人不必捨棄塵世生活也能上天堂。我很高興安德蕾被他說服。兩年前，她的信仰似乎有點動搖。「只有一個信仰是可能的，」她那時對我說：「那就是老實百姓悶著頭不求理解的信仰。」之後，她重拾了些許信心。我唯一希望的，是她對宗教的理解不要那麼嚴苛。巴斯卡也篤信宗教，比我更有立場告訴她：偶爾為自己想想並非罪惡。他並沒有批評卡拉夫人，但完全贊成安德蕾應該捍衛自己的個人生活，他常說：「上帝不希望我們變得愚蠢，祂賜予我們天賦，就是要我們善加利用。」這些話讓安德蕾頓然領悟，就好像卸下肩上一副重擔。盧森堡公園裡的栗樹冒滿新芽，再長滿嫩葉，然後開滿花，這段時間裡，我眼見她的蛻變。法蘭絨套裝、吊鐘形草帽、手套，她看起來就是活脫脫一個平凡正規的年輕女子。巴斯卡開玩笑說：

「您為什麼總是戴著把臉遮住的帽子呢?您從不脫手套嗎?我們可以

邀請像這樣得體的年輕女子坐到露天咖啡座上嗎？」

他這樣逗弄她的時候，她顯得很開心。她不再買新帽子，手套塞在手提袋裡，坐在聖米樹大道上的露天咖啡座，走路的姿態又變回我們以前在松樹下散步時的生氣勃勃。直到目前，安德蕾的美貌是隱約潛藏的，深藏在眼眸，偶爾乍現在臉龐，但不完全外露；而突然間，這美貌顯露在她整個外表，綻放在太陽下。有天早上，我們在綠意草香的布隆森林裡的湖上划船，她划著槳，沒戴帽子、手套，光著手臂，輕巧地撥著湖水，她的頭髮散發光彩，眼神靈動。巴斯卡手浸在水裡，大聲唱歌，他歌聲很棒，又會唱很多歌。

他也改變了。面對父親、尤其是姊姊時，他就像個小男孩，和安德蕾說話時則帶著男人的威嚴，這並不是說他在演戲，純粹是因為他讓自己提升到她需要的高度。若不是我認識他太淺，就是他成熟了。總之他現在不像個修道士了，不像以前那麼純真如天使，但比較開朗，而且開朗的模樣很適合他。五月一日那天下午，他在盧森堡公園裡的露天座等我們，一看到我們，他攀上欄杆朝我們走來，像走鋼索一小步一小步往前，兩手張開幫助平衡，兩隻手裡各握著一束鈴蘭。他跳下欄杆，伸出兩手，同時把花送給我們。送我的那束只是為了陪襯而已，巴斯卡從來沒送過我花。安德蕾也知道，因為她臉紅了，這是我們相處以來第二次看見她臉紅。我心想：「他們彼此相愛。」得到安德蕾的愛是一個天大的幸運，而我尤其替她高興。她不可能也不會願意嫁給一個非教徒，但如果她不得不嫁給一個像卡拉先生那樣嚴峻的教徒，一定會悶死。和巴斯卡在一起，她終於能夠兼顧義務和幸福。

那年年底，課業不多，我們到處閒晃。而我們三個都沒錢；卡拉太太給女兒的零用錢只夠買公車票和絲襪；布龍代先生要巴斯卡全心全意準備考試，禁止他當家教，只讓自己不停加班賺錢；我則只有兩個收費低廉的家教學生。但我們還是湊出錢去烏蘇林電影院看抽象電影、去卡爾鐵劇場看前衛舞台劇。出了電影院或劇場，我總是和安德蕾熱烈討論良久，巴斯卡則遷就地聽著。他承認自己只愛哲學，藝術和文學不闡述思想時，讓他覺得無趣，但是當它們意圖呈現人生時，他又覺得都是虛假。他說在真實人生中，人的情感和所處情境根本不像書中所描寫的如此細緻微妙、滿富悲劇性。安德蕾覺得這種簡單化的看法相當新穎。總之，她對世界的觀點太過悲觀，巴斯卡的睿智雖然簡化，但充滿陽光，對她來說是好的。

安德蕾以優異成績通過結業口試那天，就和巴斯卡約好去散步。他從不約她去家裡，就算約了，她必然也不會答應，雖然她每次都含糊地跟母親說是和我以及其他同學一起出去，但是她絕不想承認也不想隱瞞是在一個年輕男子家裡共度下午。他們見面都約在外面，一起散步。次日，我和她約在老地方，在盧森堡公園裡皇后石雕像木然的眼光下見面。我買了櫻桃來，她喜歡吃的黑色大櫻桃，但是她不肯嘗，滿腹心事的樣子。過了一會兒，她跟我說：

「我對巴斯卡說了我和貝爾納的那段過去。」

她的聲音緊繃。

「您從沒跟他說過？」

「沒有。我很早就想說，覺得應該跟他說，但我不敢。」

她猶豫地說：

「我怕他覺得我是壞女孩。」

「怎麼這麼想！」我說。

我雖然認識安德蕾十年了，她還是經常令我感到困惑。

「貝爾納和我從來沒做過不好的事，」她以嚴肅的口吻說：「但是我們終究擁抱親吻了，那不是柏拉圖式的吻。巴斯卡如此純潔，我害怕他會被嚇到。」

她帶著信心說：

「但是他只對自己嚴苛。」

「他怎麼會被嚇到呢？」我說：「貝爾納和您，你們當時還是孩子，況且你們相愛。」

「什麼年齡都可能犯罪，」安德蕾說：「愛不能成為藉口。」

「巴斯卡一定會覺得您太冉森教派思想了！」我說。

我不太理解她的小心翼翼，但是我也不太理解那些孩提時代的吻對她代表著什麼意義。

「他理解了，」她說：「他總是什麼都能理解。」

她看看四周。

「媽媽拆散我和貝爾納的時候，我還想到要自殺呢，我那時如此堅信會永遠愛他！」

她的聲音透著一股擔憂的疑慮。

「您才十五歲，誤解是很正常的事。」我說。

她用鞋尖在沙地上畫著線。

「要幾歲才有資格想：這會持續到永遠？」

她擔憂的時候，臉龐變得冷硬，看起來幾乎瘦骨嶙峋。

「現在您不會弄錯了。」我說。

「我也這麼想。」她說。

她繼續在地上畫著隱約的線條。

「但是對方，我們愛的那個人，如何確定他會永遠愛我們呢？」

「這應該可以感覺得到。」我說。

她把手伸到棕色紙袋裡，掏了幾顆櫻桃默默地吃。

「巴斯卡跟我說，他之前都從未愛過任何女生。」安德蕾說。

她直視我的眼睛。

「他不是說：我從未愛過，他說的是：我之前從未愛過。」

我微笑。

「巴斯卡心思細密，字字斟酌。」

「他要我們明天早上一起去領聖體。」安德蕾說。

我沒回答。我要是安德蕾，看著巴斯卡領聖體應該會很嫉妒，和上帝比起來，人真的不算什麼。然而，我之前同時如此深愛著上帝和安德蕾。

自此之後，安德蕾愛著巴斯卡已是我們倆心照不宣的事。至於他呢，他比以前對她說出更多內心事。他說在十六到十八歲間，他一度想成為神父，但他的宗教導師指出他並沒有真正當神父的職志，他是受到姊姊的影響，並且他對神職的期望，只是想逃避這個時代以及讓他害怕的成年人責任。這種害怕已潛伏許久，而這也解釋了巴斯卡對女人的成見，他現在深深自責當時那些成見。「純潔並不代表把女性都視為惡魔。」他開心地對安德蕾說。在認識安德蕾之前，他心中的例外只有他視為精神純淨的姊姊，以及根本沒把自己當女人的我。他現在明瞭所有女人，以女性之身，都是上帝的造物。「但是世界上只有一個安德蕾。」他熱切地加上這一句，安德蕾不再疑慮他的愛了。

「假期間你們會通信嗎？」我問。

「會啊。」

「卡拉太太會怎麼說呢？」

「媽媽不會拆我們的信，」安德蕾說：「而且她會有很多事要忙，沒時間監視我們的信件往來。」

接下來的這個假期將會特別忙碌，要舉行瑪露的訂婚典禮，安德蕾說起這個就憂心忡忡。她問我：

「如果媽媽允許我邀請您，您會來嗎？」

「她不會允許的。」我說。

「不一定。敏敏和莉莉會去英國，雙胞胎妹妹年紀太小，您的影響還不構成危險。」安德蕾笑著說。她嚴肅地繼續。

「媽媽目前對我有信心，我經過一段難熬的日子，但終於獲得了她的信賴，她再也不怕您帶壞我了。」

我猜測安德蕾希望我去，不只是因為我們的友誼，也因為她能和我聊巴斯卡，聽人訴說心事是我喜歡扮演的角色。聽到安德蕾要我九月初時一定要去，我很開心。

* * *

一整個八月我只收到安德蕾的兩封信，而且很短。信是拂曉時她在床上寫的：「白天我連一分鐘都不得閒。」她跟我說。她和外婆睡一個房間，外婆的睡眠又淺，她只能等到拂曉天光透進百葉窗時才寫信、看書。貝塔里莊園來了好多人：未婚夫和他兩個姊姊——兩個無精打采寸步不離安德蕾的老小姐；再加上希莉薇・德豐諾家的表兄弟們。籌備瑪露訂婚典禮的同時，卡拉太太一邊安排安德蕾相親，真是節慶不斷的閃亮季節。「我想煉獄應該就是這樣吧。」安德蕾在信中這麼寫道。她九月要陪瑪露去見公婆，光想到這個就令她忐忑不安。幸好她收到許多封巴斯卡寫來的長信。我等不急想和她相見。這一年在薩德納克小城的假期很無聊，孤獨沉重地壓著我。

安德蕾在月台上接我，穿著粉紅色帆布洋裝，頭戴鐘型草帽；但她不是單獨一人，兩個雙胞胎妹妹，一個穿粉紅格子裝一個穿藍色格子裝，大叫著沿著火車跑。

「是席樂薇！日安！席樂薇！」

她們兩個的直髮、黑眼珠讓我想起十年前那個腿燒傷、讓我揪心的小女孩，只不過她們的臉頰比較圓，眼神沒那麼直率。安德蕾對我微笑，一個簡短但如此燦然的微笑，她看起來氣色很好。

「旅途愉快嗎？」她跟我握手說。

「我單獨旅行時都很愉快。」我說。

兩個妹妹以批判的神情看著我們。

「你為什麼不親吻她臉頰問好？」藍色格子雙胞胎問安德蕾。

「有些人我們很喜歡，但不親吻臉頰問安。」安德蕾說。

「有些人我們親吻臉頰問安卻不喜歡他們。」粉紅色格子雙胞胎說。

「正是如此，」安德蕾說：「你們把席樂薇的行李拿到車上去。」

兩個小的搶著拿我的小行李箱，一蹦一跳地朝停在車站前的黑色雪鐵龍走去。

「事情進行得怎麼樣？」我問安德蕾。

「不好也不壞，我再跟你詳述。」安德蕾說。

她坐上駕駛座，我坐在她旁邊，雙胞胎妹妹坐在塞滿一堆包裹的後座。很顯然她每天生活都安排緊湊。「去接席樂薇之前，你先去採買，再去接雙胞胎。」卡拉太太交代。到家之後，還得把這一包包東西拆開。安德蕾戴上手套，手推著排檔桿，我仔細看看她，她瘦了。

「您瘦了。」我說。

「可能有點吧。」

「當然有，媽媽一直念她，但是她什麼都不吃。」雙胞胎其中一個大聲說。

「她什麼都不吃。」另一個附和說。

「別說傻話，」安德蕾說：「如果我什麼都不吃，早就死了。」

車子緩緩啟動，握著方向盤戴著手套的手看起來勝任愉快，安德蕾不管做什麼，都遊刃有餘。

「您喜歡開車嗎？」

「我不喜歡一整天充當司機，」安德蕾說：「但我喜歡開車。」

車子一路行駛過兩旁的假金合歡樹，但我已認不出這條路，原本卡拉太太拉緊煞車的大下坡、馬吃力小步往上爬的上坡都整平了，一路平坦抵達莊園的入口大道。兩旁的黃楊木才修剪過。莊園城堡沒變，但是大門旁花壇裡種了秋海棠和一叢叢的百日草。

「以前這裡沒種花。」我說。

「沒有。這些花真醜，」安德蕾說：「但是現在我們雇了個園丁，總要讓他有事做。」她用諷刺的語氣說。她拿起我的行李，對雙胞胎說：

「跟媽媽說我馬上過來。」

我記得這前廳和裡面的鄉村氣息，樓梯的木板和以前一樣在腳下吱吱作響，但上了樓，安德蕾轉向左邊。

「我們安排您睡雙胞胎的房間，她們和我一起睡外婆的房間。」

安德蕾推開一扇門，把我的行李放在地板上。

「媽媽說我們若睡同一間房，一定徹夜不眠。」

「好可惜！」我說。

「是啊。不過您能來已經太好了！」安德蕾說：「我好高興！」

「我也是！」

「您準備好就下樓，」她說：「我得去幫媽媽忙。」

她關上房門。她信上寫「我連一分鐘都不得閒」不是誇張。安德蕾從不誇張。但是她還是抽空幫我採了三朵紅玫瑰，這是她最喜歡的花。我還記得孩童時她有一篇作文寫道：「我喜歡玫瑰，它是隆重有禮的花，不褪色凋謝就死了，像是優雅的屈膝下台禮。」我打開衣櫃，掛上我唯一那件顏色有點像淡紫色的洋裝。衣櫃裡準備了浴袍、室內拖鞋，還有一件漂亮的紅點白洋裝。盥洗桌上安德蕾放了一塊杏仁油香皂、一瓶古龍水，還有一盒淺黃色的蜜粉。她的細心體貼讓我感動。

「為什麼她不吃飯呢？」我自問。或許卡拉太太攔截了信件，那又怎樣呢？五年過去了，同樣的故事又要重演一次嗎？我走出房間步下樓梯。不會是同樣的故事，安德蕾已經不是孩子，我感覺、我知道她對巴斯卡的愛是無法治癒的。我放下心，跟自己說，卡拉太太找不到反對這樁婚事的理由，無論怎麼看，巴斯卡都被歸類於「各方面都理想的年輕男子」。

客廳傳來鬧烘烘的聲音，想到要面對那些對我或多或少帶著敵意的人，令我卻步：我也不再是孩子了。我進到藏書室，等著晚餐鈴響。我還記得藏書室裡的書、相片。有一本皮製壓紋封面的大本相冊，飾有垂花飾和半圓環飾，就像天花板的方井一樣。我打開相冊的金屬扣環，視線停留在希莉薇・德豐諾太太的照片上。照片上的她五十歲，髮上圍著黑色平扁的頭帶，神情專橫，一點都不像現在溫柔外婆的模樣，她曾強迫女兒嫁給一個她不想嫁的男人。我翻過幾頁，仔細看著卡拉太太年輕時的相片，緊身胸衣箍著上身直到脖子，蓬鬆的頭髮下那張天真的臉上我認出了安德蕾的嘴唇，一張不露微笑的嚴肅豐厚嘴唇；她的眼神有某種牽動人心的東西。再幾頁之後，我看到她坐在一個蓄鬍的年輕男人旁邊，對著一個醜醜的出生嬰兒微笑，在她眼裡，那某種牽動人心的東西已經不再了。我闔起相冊，走向落地窗，稍稍打開，一股清風吹拂著椴花，花串發出微微的簌簌聲，鞦韆也吹得唧唧響。「她那時也就是我們這個年紀。」我心想。她在同樣的星光下散步，聽著夜聲，「不，我不想嫁他。」又是為什麼呢？他既不笨也不醜，前途一片大好，全身上下都是優點。她愛著另一個人嗎？或者她只是懷春幻想太多？今日看來，她活脫脫就是為現在這個人生而設的啊！

晚餐鈴響了，我走進飯廳，握了很多人的手，但沒有一個人多問我兩句近況，很快就把我忘在一旁。晚餐當中，希莉薇・德豐諾家的查爾斯和亨利大聲捍衛極右派國家主義「法蘭西運動」，和卡拉先生支持的教皇互相對抗，安德蕾看起來很激憤。至於卡拉太太呢，顯然心裡想著別的事情，我徒勞地試圖在她那蠟黃的臉上找尋相簿裡那個年輕女孩。她應該還存著記憶吧，我心想，但，是哪些記憶呢？這些記憶又有何用處呢？

晚餐後，男士們玩著橋牌，女士們拾起手工活。那一年時興的是紙製帽子：把厚紙板裁成一條條紙片，濕潤軟化，編緊後塗上一層亮漆。在珊德妮家小姐們崇拜的眼光下，安德蕾製作了一頂綠色的帽形。

「是一頂鐘型帽嗎？」我問。

「不是，是一頂闊邊遮陽帽。」她帶著心照不宣的微笑回我。

安涅絲．珊德妮要她拉一曲小提琴，但安德蕾拒絕了。我明白今晚是不可能跟她多談，所以很早就上樓進房。接下來幾天，我連一分鐘都沒能和她單獨在一起。早上她要幫忙家裡的事；下午，所有年輕人擠到卡拉先生和查爾斯的車子裡，到附近的城堡去打網球或跳舞，要不然我們就是去某個鄰近小鎮觀賞巴斯克回力球比賽，或是朗德地區的牛隻跑步競賽。安德蕾該笑的時候就笑，但我注意到她的確幾乎都不吃東西。

有一夜，我聽到房門打開，便醒過來。

「席樂薇，您睡著了嗎？」

安德蕾走到我床邊，身上罩著一件絨布浴袍，光著腳。

「現在幾點了？」

「一點。如果您不是太睏的話，我們下樓吧，到樓下才能好好講話，這裡會被聽到。」

我披上睡袍，我們小心翼翼不讓階梯地板發出聲音地下了樓。安德蕾走進藏書室，打開一盞燈。

「前幾天我想不吵醒外婆偷偷下床，都沒成功。真讓人難以相信，老人家的睡眠那麼淺。」

「我多麼想和您聊聊！」我說。

「我才是呢！」

安德蕾嘆口氣。

「從假期開始以來一直就是這樣。真倒楣，今年我尤其希望他們能讓我清靜清靜！」

「您母親沒懷疑什麼嗎？」我問。

「唉呀！」安德蕾說：「她還是注意到那些信封是男人筆跡的來信。上星期她就問我了。」

安德蕾聳聳肩。

「反正，我遲早得跟她談到這件事。」

「然後呢？她怎麼說？」

「我全都照實說了，」安德蕾說：「她沒要求看巴斯卡那些來信，我反正也不會讓她看，但是我全都照實說了。她沒禁止我繼續和他通信。她說她要再想一想。」

安德蕾環視了一圈藏書室，像是在找救援，但那些嚴肅的書籍、祖先的照片並不能安定她的心。

「她的樣子很生氣嗎？什麼時候才能知道她的決定呢？」

「我完全不知道，」安德蕾說：「她沒下任何評斷，只是問我問題。然後用冷峻的語氣說：我得再想一想。」

「她沒有任何反對巴斯卡的理由，」我熱切地說：「甚至站在她的角度看，這都是一樁美事。」

「我不知道。在我們這個圈子，婚姻不是這樣組成的。」安德蕾說。她苦澀地加上一句：

「因戀愛而結婚，這件事本身就很可疑。」

「總不會僅僅因為您愛巴斯卡，就阻止您嫁給他吧！」

「我不知道，」安德蕾心不在焉地說。她迅速看了我一眼，移開目光說：「我甚至不知道巴斯卡想不想娶我。」

「別鬧了！他沒明說是因為這順理成章，」我說：「對巴斯卡來說，愛您和想和您結婚是同一件事。」

「他從沒說過愛我。」安德蕾說。

「我知道，但是在巴黎最後那段日子，您也已經不懷疑這點了，」我說：「而且您的確不必懷疑，任誰都看得出來他愛您。」

安德蕾手指觸玩著項鍊的金牌墜子，一陣沉默。

「我在第一封信裡告訴巴斯卡我愛他，這麼做或許錯了吧，但我不知該怎麼跟您解釋：若是在信裡也保持沉默，那就變成謊言了。」

我點點頭，安德蕾永遠無法欺瞞。

「他回了我一封文情並茂的信，」安德蕾說：「但他說他覺得自己沒權利說出『愛』這個字。他解釋說在他塵世人生或宗教精神生活裡，他從未感受過『明顯的事實』，他必須以經驗證實他的感情。」

「不用擔心，」我說：「巴斯卡經常指責我未經實證就決定我的觀點，他就是這樣！他需要時間。經驗很快就會有結論。」

我認識巴斯卡夠深，知道他絕對不是在玩什麼手段，但是我遺憾他的猶豫，若是安德蕾確定了他的愛，就會睡得更好、吃得更多。

「您告訴他您和卡拉太太的談話了嗎？」

「說了。」安德蕾說。

「您看著好了，他一旦擔心你們的關係受到威脅，『明顯的事實』就會出現了。」

安德蕾輕咬著金牌墜子。

「我等著看。」她不確定地說。

「說實在的，安德蕾，您能想像巴斯卡會愛上另一個女生嗎？」

她猶豫。

「或許他會發現結婚並不是他的志向。」

「您不會猜想他還想當神父吧！」

「他若是沒遇見我，或許還會想。」安德蕾說：「我或許是他真正道路上所設的一個陷阱……」

我不安地看著安德蕾。巴斯卡可能會說這又是冉森教派的說法，但我認為更糟：她懷疑上帝會施展惡魔般的手段。

「真荒謬，」我說：「再怎麼說，我可以想像上帝試驗信徒的靈魂，但絕不會設陷阱騙人。」

她聳聳肩。

「人們說就是因為荒謬，所以要相信。搞到最後我想愈是荒謬的事，愈可能是真的。」

我們繼續討論了一陣子，突然藏書室的門打開了。

「你們在這裡做什麼？」一個聲音小聲問。

是蝶蝶，穿粉紅衣的雙胞胎，安德蕾偏愛的那一個。

「那你呢？」安德蕾說：「你怎麼沒在床上睡覺？」

蝶蝶兩手撩起長長的白睡衣，走過來說：

「外婆打開燈把我吵醒了，她問我你在哪兒，我說來找找……」

安德蕾站起來。

「你要乖喔。我會跟外婆說我睡不著，下樓到藏書室看書。你別提到席樂薇，要不然媽媽又要罵我了。」

「這是謊話。」蝶蝶說。

「說謊的是我，你只要不說話就好了，那就不算說謊。」

安德蕾鎮定地說：

「長大了，有時候可以說點謊。」

「長大真方便。」蝶蝶嘆口氣說。

「有好也有壞。」安德蕾摸著她頭說。

我回房間的時候心想：「什麼樣的奴隸生活啊！」每個動作都被她母親、外婆控制，還要給妹妹們當榜樣。每一個思想都要對上帝交代！

我心想：「這是最糟的！」次日，安德蕾跪在我旁邊一張長椅上禱告，這張長椅將近一個世紀以來刻著專屬於希莉薇．德豐諾家族的名牌。卡拉太太彈著風琴，雙胞胎妹妹在教堂裡拎著一籃祝聖過的小麵包來回走動。安德蕾臉埋在雙手裡，正和上帝說話：用哪些字眼呢？她和上帝之間的關係應該錯綜複雜，我確定的一件事是：她無法說服自己上帝是仁慈的，但是她不希望違逆上帝，也試著愛上帝。如果她和我一樣，在信仰喪失了全然信服的時候就放棄信仰，事情就簡單多了。我看著雙胞胎妹妹，兩個人忙碌且覺得自己身負重任，在她們那個年紀，宗教是個好玩的遊戲。我也曾揮著小旗子，在舉著聖爵、一身金袍的教士前輕撒玫瑰花瓣；我也曾穿著初領聖體的洋裝招搖，親吻主教戴著巨大紫色寶石戒指的手指；長滿苔蘚的臨時祭壇、聖母月的聖壇、馬槽、聖母出遊、天使、焚香，這種種氣味、表演、耀眼的華而不實，是我童年唯一的華麗。在這一片絢麗華彩之中，感覺自己內心靈魂純淨發光，猶如聖體顯供台上的聖體，感覺真美好！然而有一天，靈魂和上天都晦暗下來，我們心中充滿悔恨、罪惡、恐懼。安德蕾甚至連在塵世生活中都把周遭發生的一切看得那麼嚴肅，面對充滿神祕光芒的宗教超自然世界，怎能不被焦慮所噬呢？和母親對抗，或許就是反叛上帝？但或許臣服於母親，就是糟蹋了她所受到的恩寵。如何能知道，愛巴斯卡不是撒旦設下的詭計呢？每一時每一刻都事關永生，而沒有任何清楚的跡象指出我們正朝著永生，或與它背道而馳！巴斯卡幫助安德蕾戰勝了這些恐懼，但是我們那天晚上的談話讓我覺得她又陷入掙扎，而且絕不是教堂能讓她得到內心的平靜。

我一整個下午心情鬱悶，悶悶地看著頭角尖尖的牛隻載著背上緊張不安的年輕農夫。接下來的三天，所有女眷都在地下室忙得不可開支，我也幫忙剝豆子、去除李子核。每年，本區的大戶人家都會聚在阿杜河畔舉行一次野餐會，這狀似輕鬆的聚會其實需要很多冗長的準備工作。「每家都要做得比別家好，每年都要比去年更好。」安德蕾說。那天早上，我們在租來的小卡車上裝滿兩大籃的食物和餐具，年輕人擠在卡車上剩下的位置，年長者和訂了婚的男女開著車跟在後面。我穿著安德蕾借我的紅點洋裝，她則穿一件米灰色絲布洋裝，繫著一條綠腰帶，搭配她那幾乎看不出是紙做的大帽子。

藍色的河水、老橡樹、綠草如茵，我們大可以躺在草地上，吃著三明治，一直聊到晚上，那會是一個完美幸福的下午，我一邊幫忙安德蕾準備那些籃子筐子，一邊憂鬱地這麼想。多大的陣仗！架桌子、擺食物、整齊鋪好桌巾。其他的車子也來了：嶄新的轎車、古董的四輪篷車，甚至還有一輛兩匹馬拉著來的敞篷馬車。年輕人一到就趕快開始擺餐具，老人家則坐在蓋了塑膠布的樹幹上或摺疊椅上。安德蕾微笑地屈膝跟他們問好，她特別討老先生們的歡心，也和他們聊了很久。另外她還得抽身幫忙瑪露和古德表姊轉動一架複雜機器的手柄，那是要把奶汁製成冰淇淋的機器。我也上去幫她們忙。

「您看看這些！」我指著擺了滿桌食物的桌子說。

「是啊，為了善盡社會義務，我們全都是出色的基督徒！」安德蕾說。

奶汁一直都不變稠，我們最終放棄了，坐到二十歲以上年輕人那桌。查爾斯表哥抑揚頓挫地和一個奇醜但穿得一身華麗的女生說著話：她那一身衣服無論顏色或布料都不是我們尋常看得見的。

「這野餐像場相親大會。」安德蕾低聲說。

「是相親？那女生好醜。」我說。

「但是富有，」安德蕾說，她冷笑，「眼前檯面上有不下十對相親正在醞釀。」

那段時間我食量很大，但是看到女僕們一本正經穿梭，端著如此大量的食盤，反倒讓我失了胃口。魚凍、圓錐形鑲魚、肉凍、船型糕點、凍肉捲、無骨肉捲、燉肉、雞肉凍、肉泥、冷盤、油封、鑲肉捲、什錦沙拉、蛋黃醬、餡餅、水果派、奶油杏仁糊。每一樣都要嘗才不失禮，以免讓誰不高興。比品嘗更重要的，是評論正在品嘗的東西。安德蕾比平常胃口好，剛開始心情也滿好；但是她右手邊那個一身講究的棕髮帥哥不停瞅著她，低聲和她說話，她不一會兒就露出惱怒的神情，不知是怒氣或是酒精染紅了她的臉頰。附近所有酒莊都帶來自家產的酒，我們喝光了好多瓶。

大家聊得更起勁了，談到調情這件事：調情適當嗎？到哪個尺度呢？大致上，大家都反對調情，但這的確是男生女生一起開玩笑私聊的好機會。在座的年輕人大都裝得一本正經，有幾個卻很沒品：好些放蕩的女生發出咯咯笑聲，受到鼓舞的男生開始說起笑話，雖然笑話本身沒什麼，但語調暗示其中的弦外之音。開了一瓶一點五公升大瓶裝香檳，有人起鬨要大家都用同一個杯子輪流喝，那麼喝的人就能知道上一個人的心思了。酒杯從一個人手裡傳到下一個人，那個一身講究的棕髮帥哥喝了之後，把杯子遞到安德蕾手裡，在她耳邊低語了幾句，她一反手把酒杯擲到草地上。

「我不喜歡人家這麼靠近。」她清楚地說。

一陣尷尬的沉默，查爾斯表哥哈哈大笑說：

「我們的安德蕾不想讓我們知道她的祕密？」

「我也不想知道其他人的祕密，」她說：「何況，我喝太多酒了。」

她站起身。

「我去端咖啡來。」

我錯愕地看著她。要是我，我會乖乖喝下。的確，在這些看似清純的放蕩行為裡有某種曖昧成分，但這關我們什麼事呢？兩個嘴唇在酒杯上虛擬相遇，無疑在安德蕾眼中是種褻瀆：她想到當初和貝爾納的吻嗎？或是想到和巴斯卡還沒發生的吻呢？安德蕾一直沒回來，我也站起來，往橡樹樹蔭下前進。我再次納悶，當她說那些吻並不是柏拉圖式，到底是什麼意思呢。我找了很多關於性議題的資料，在我童年和青少年時期，身體也起過夢想，但是無論是對這方面了不起的知識，或是我私自的經驗，都無法讓我了解肉體和溫柔、幸福怎麼會連結在一起。對安德蕾來說，肉體與心靈之間存在一個相通管道，這是我無法明瞭的一點。

我走出樹叢。阿杜河在這裡轉了彎，我置身在河邊，聽見瀑布的聲音，清澈的河底散布著碧綠色的小石頭，很像仿製成小石頭的糖果。

「席樂薇！」

是卡拉太太，草帽下一張臉脹紅著。

「您知道安德蕾在哪裡嗎？」

「我也在找她。」我說。

「她幾乎快一個鐘頭不見人影，非常失禮。」

其實，我暗想，她在擔心。她一定是以她的方式愛著安德蕾：但什麼方式呢？這就是問題所在。我們各自以自己的方式愛著她。

現在耳邊瀑布水聲更大了。卡拉太太停下來。

「我就知道！」

樹下一叢秋水仙旁，我看到安德蕾的洋裝、綠色腰帶、粗布內衣。卡拉太太走到河邊。

「安德蕾！」

瀑布下有東西動來動去，安德蕾頭冒出水面說：

「來吧！水好棒！」

「你立刻出來！」

安德蕾朝我們游過來，臉上帶著笑。

「剛吃完飯！你會充血！」卡拉太太說。

安德蕾上了岸，用罩在身上、腰上用別針扣住的厚呢披風擦拭身體，濕透的頭髮垂下蓋住眼睛。

「啊！你氣色真好！」卡拉太太聲音變溫柔，「你要怎麼擦乾身子呢？」

「我會想辦法。」

「我真不知仁慈的上帝賜給我這麼個女兒時，心裡到底想什麼！」卡拉太太微笑著說，但又嚴厲地補上一句：

「立刻回來。你一點都沒盡到你的責任。」

「我馬上回來。」

卡拉太太走遠了，我坐在樹的另一邊，等著安德蕾穿好衣服。

「啊！水裡好舒服！」她說。

「水溫應該很低。」

「瀑布水沖到背上時，我剛開始氣都喘不過來，」安德蕾說：「但是很舒服。」

我拔起一株秋水仙，納悶它是否真的有毒，這花很好玩，既粗野蔓生又精巧細緻，直豎豎一根，像香菇一樣從土裡一股腦冒出來。

「您想若是讓珊德妮姊妹喝下一碗秋水仙湯，她們會死掉嗎？」我問。

「可憐的姊妹！她們人不壞。」安德蕾說。

她走過來，已經套好洋裝，正繫著腰帶。

「我用襯衣擦乾身體，」她說：「沒人看得出我沒穿襯衣，我們身上總是穿太多東西。」

她把濕了的披風和皺了的襯衣曬在陽光下。

「現在得回去了。」

「真可惜！」

「可憐的席樂薇！您一定覺得很無聊。」

她對我微笑，「現在野餐會辦完了，我希望能有多一點空閒。」

「您認為可以想辦法讓我們私下見見面嗎？」

「不管怎樣，我都會找出辦法的。」她篤定地說。

我們緩緩沿著河岸往回走，她跟我說：

「我收到巴斯卡的信，今天早上。」

「一封很棒的信？」

她點頭，「嗯。」

她揉搓手上一片薄荷葉，開心地聞著。

「他說如果媽媽說要想一想，就是好徵兆。」過了一會又說：「他說我應該有信心。」

「我也是這麼想。」

「我有信心。」安德蕾說。

我本想問她為什麼把香檳杯丟到地上，又怕害她尷尬。

那天接下來的時間，安德蕾對每個人都甜美和氣，我呢，我百無聊賴。接下來幾天，她還是跟原來一樣忙。毫無疑問，卡拉太太想盡辦法阻止我們見面。當她發現巴斯卡的信件時，一定咬著手指後悔邀請我來，現在只好盡力彌補失誤。想到我們快要分離，我心裡更加難過了。我離開的前兩晚那天早上，我想到收假回去之後，瑪露就出嫁了，在家裡、在社交生活上，安德蕾必須取代姊姊，我僅能在慈善義賣會、葬禮上匆匆見到她的面；我又像往常那樣，趁著大家都還在睡夢中，下樓到花園裡。夏季正垂垂死去，樹叢葉子轉紅，花楸的小漿果變黃，在早晨白色薄霧下，黝銅色的秋季顯得更迫近。我喜歡看還冒著水氣的草地上，樹木被晨曦照得發光。我憂鬱地順著小徑往前，此時節小徑已耙平，不再瘋長著野花了。我依稀聽到音樂聲，朝它走去，是小提琴聲。在公園最深處，藏在一叢松樹裡，安德蕾拉著小提琴。她在藍色毛織洋裝上披了一條舊披巾，聚精會神地聽著肩上的樂器發出的聲音。她美麗的黑髮被一條髮線規矩地分在兩側，髮線在黑髮中顯得白得令人心動，令人想用手指溫柔而崇敬地摩挲。我偷偷看著琴弓來來回回好一會兒，看著安德蕾，心想：「她多麼孤寂啊！」

最後一個音符死去，我走近，腳下的松針發出折斷的聲音。

「啊！」安德蕾說：「您聽見我了？屋裡聽得到我？」

「不是，」我說：「我在附近散步。你拉得多好啊！」

安德蕾嘆口氣。

「若有一點時間練習就好了！」

「您經常像這樣在露天演奏嗎？」

「不。但是這幾天我真的好想拉琴！但我不想被那些人聽見。」

安德蕾把琴放回它那小棺材裡。

「我得趁媽媽下樓之前回去，她會說我瘋了，這會把情況弄得更糟。」

「您要帶小提琴去珊德妮姊妹家嗎？」我們往家裡走，我問。

「當然不會！啊！去她們家度假真讓我恐懼，」她說：「至少這裡，我是在自己家裡。」

「您真的非去不可？」

「我不想為這種小事和媽媽爭執，」她說：「尤其在此時。」

「我明白。」我說。

安德蕾進屋去，我帶著一本書坐在草地中央。過了一會兒，我看見她陪著珊德妮姊妹一起摘玫瑰。之後她去柴間劈柴，我聽見斧頭砍下的沉重聲音。太陽高掛了，我索然無味地看著書。現在我再也不敢確定卡拉太太的決定會是肯定的。安德蕾像她姊姊一樣，嫁妝並不豐厚，但是她比瑪露漂亮多了，也傑出多了，她母親一定在她身上有更大的野心。突然間，傳來一聲大叫，是安德蕾。

我跑到柴間。卡拉太太傾身向著她，安德蕾倒在木屑中，雙眼閉著，一隻腳流著血，斧頭的刃上也沾著血。

「瑪露，去把你的救護包拿下來，安德蕾受傷了！」卡拉太太喊。她叫我去打電話給醫生。當我回來時，瑪露正在包紮安德蕾的腳，她母親讓她嗅著氨水；她張開眼睛。

「我失手了！」她低聲說。

「沒傷到骨頭，」瑪露說：「砍了一個大傷口，但沒傷到骨頭。」

安德蕾有點發燒，醫生診斷她非常疲倦，要她長時間休息，總之，十幾二十天她都不能用到腳。

晚上我去看她時，她臉色非常蒼白，但對我露出一個大大的微笑。

「我得待在床上直到假期結束！」她洋洋得意地對我說。

「痛嗎？」我問。

「幾乎不痛！」她說：「就算再痛十倍，也寧可痛而不必去珊德妮她們家。」她狡黠地看著我說：「這是人們所說的天外飛來一筆！」

我錯愕地盯著她。

「安德蕾！您該不會是故意的吧？」

「我總不能期待上帝為了這種小事親力而為。」她開心地說。

「您怎麼有這個勇氣啊！您可能把腳砍下來！」

安德蕾往後躺下，頭枕在枕上。

「我受不了了。」她說。

她默默地看著天花板一會兒，看著她蒼白的臉和執著的眼神，我心中原來的恐懼又出現了。舉起斧頭，砍下去；我是永遠做不到的，甚至光想到，我的血液就翻江倒海。讓我害怕的，是她在那一瞬間心裡所想的。

「您母親沒懷疑嗎？」

「我想沒有。」

安德蕾坐起來。

「我不是跟您說了，不管怎樣，我都會找出辦法的。」

「您那時候已經決定了？」

「我決定要有行動。斧頭的念頭是我早上去摘花的時候突然興起的，本來想用花剪下手，但那不夠。」

「您嚇死我了。」我說。

安德蕾露出大大的微笑。

「為什麼呢？我成功了啊，我沒砍得太深。」

她又說：

「您答應我要求媽媽讓您留下直到月底吧？」

「她不會答應的。」

「讓我跟她說吧！」

卡拉太太懷疑事實真相而產生了悔恨和擔憂嗎？抑或是醫生的診斷讓她擔心了？總之她答應我留在貝塔里陪伴安德蕾。希莉薇・德豐諾一家人、瑪露、珊德妮一家人同時離開，莊園瞬間變得非常安靜。安德蕾自己睡一間房，我長時間陪在她床邊。一天早上，她跟我說：

「我昨晚和媽媽針對巴斯卡談了很久。」

「然後呢？」

安德蕾點起一根香菸，她情緒緊張的時候就會抽菸。

「她和爸爸談過了。基本上他們對巴斯卡無可批評之處，上次您帶他來我們家的時候，他甚至給他們留下了很好的印象。」

安德蕾看著我的眼睛。

「只不過，我了解媽媽，她不了解巴斯卡，她擔心他是否是認真的。」

「她不反對這樁婚事？」我帶著希望問。

「不反對。」

「那就好！這是最重要的，」我說：「您不開心嗎？」

安德蕾吸口菸。

「結婚也是還要等兩、三年之後的事……」

「我知道。」

「媽媽要我們正式訂婚，不然她就不准我見巴斯卡，就要把我送到英國去，切斷聯繫。」

「那你們就訂婚，事情就解決了。」

我興奮地接著說：

「是，您從來沒有和巴斯卡提到這個問題，但您不會以為他會讓您離開兩年吧！」

「我不能強迫他和我訂婚！」安德蕾激動地說：「他讓我要有耐心，他說需要時間搞清楚自己，我總不能逼著他劈頭說：『我們訂婚吧！』」

「您不是逼他，跟他說明狀況。」

「那也是陷他於進退維谷。」

「這不是您的錯！您沒有別的辦法了。」

她掙扎了很久，但我還是說服了她和巴斯卡談，但是她拒絕用寫信的方式。她告訴她母親假期結束就找巴斯卡談，她母親同意了。卡拉太太這陣子笑容可掬，或許她心想：「兩個女兒都安排妥當了！」她對我幾乎算和藹可親。當她整理安德蕾的枕頭，或是幫她套上床上看書的輕便上衣時，眼裡一閃而逝的某個東西，常讓我想起她年輕時的那幀照片。

安德蕾以開玩笑的口吻跟巴斯卡提起她受傷的事，結果收到他兩封擔憂的信。他說她需要有個理智的人守護她，信裡還寫了別的她沒告訴我的事，但是我明白她已不再懷疑他的感情。休息和睡眠讓她氣色好轉，甚至還胖了些。她終於痊癒下床的那一天，我從未見過她如此健康紅潤。

她走路有點跛，行走困難，因而卡拉先生把他那輛雪鐵龍借給我們一整天。我很少坐汽車，也不喜歡。當我坐在安德蕾旁邊，車窗大開地在大道上前進時，我的心臟噗噗亂跳。我們開上一條筆直直達天際的路，穿越朗德區的森林，兩旁松樹咻咻而過。安德蕾車開得飛快，時速指針指到八十！儘管她技術好，我還是有點擔心。

「您不會想要我們死吧？」我問。

「當然不會！」

安德蕾幸福地微笑。

「我現在一點都不想死了。」

「以前想？」

「喔，是啊！每晚睡覺前，我都希望不要再醒過來。現在呢，我祈禱上帝讓我好好活著，」她開心地說。

我們駛離大馬路，緩緩蜿蜒在長滿歐石南的沉睡池塘邊小路上。我們在海邊一家空無一人的旅館吃午餐，夏季結束了，海灘上沒人，度假別墅也都深鎖。在巴約訥，我們給雙胞胎買了彩色牛軋糖，一路漫步往上到大教堂隱修院的路上我們也吃了一塊。安德蕾扶著我的肩膀走，我們談論著在西班牙和義大利的隱修院，有一天我們會去那兒走走，以及更遙遠的國度，做長遠的旅行。走回車子時，我指著她包著繃帶的腳說：

「我永遠無法理解您怎麼會有這個勇氣！」

「若您像我當時感受到那種被逼進牆角的感覺，也會有種這勇氣的。」

她摸摸太陽穴。

「到後來我經常頭疼得無法忍受。」

「現在都不頭疼了嗎？」

「很少。那時我晚上也不睡覺，靠補腦劑和可樂撐著。」

「您不會再這樣了吧？」

「不會。收假之後，會有十幾天難過的日子，直到瑪露的婚禮；但現在我體力恢復了。」

我們沿著阿杜河邊的小路又回到森林裡。卡拉太太還是想出了一件事交代她：把希莉薇．德豐諾太太鉤的一件嬰兒小衣服捎給一個待產的年輕農家女。安德蕾把車停在松林圍繞的一塊空地上一棟朗德區特色的漂亮屋子前；我很習慣於薩德納克小城鄉間租田上的農戶，堆滿堆肥，糞水成溪，眼前這棟森林深處的漂亮農家令我吃驚。年輕女人請我們喝她公公自釀的粉紅酒，打開衣櫥讓我們欣賞她的繡花被單，被單上瀰漫著薰衣草和草木樨的香味。一個十個月大的嬰兒在柳條小搖籃裡嘻嘻笑，安德蕾用金牌墜子逗著他玩，她向來非常喜歡小孩。

「他真聰明伶俐！」安德蕾說。

她的聲音和眼裡的微笑如此真誠，俗套話從她嘴裡說出來也不落俗套。

「這個小傢伙也不睡呢。」年輕女人手放在肚子上開心地說。

她棕色頭髮，膚色較深，跟安德蕾一樣；而她和安德蕾體型相同，腿比較短，雖然大著肚子但姿態優雅。「安德蕾懷孕的時候，一定就像這樣，」我心想。這是頭一次我輕鬆地想像安德蕾為人妻為人母的模樣。她身邊也會圍繞著像眼前看見的美麗光亮的家具，家裡一定溫馨舒適。但是她不會花一個鐘頭又一個鐘頭的時間擦拭著銅製廚具、或是用羊皮紙蓋上一罐罐自製果醬，她會拉著小提琴，而且我暗自相信，她一定會寫書，她那麼喜歡看書和寫作。

她和年輕女人談著即將出世的孩子、正在長牙的嬰孩，我心想：「幸福多麼適合她啊！」

「今天真美好！」一個鐘頭之後，當車子停在莊園前的一叢叢百日草前時，我這麼說。

「是啊。」安德蕾說。

我確信她也想到了未來。

* * *

因為瑪露的婚事，卡拉一家人比我早回到巴黎。我一到巴黎就打電話給安德蕾，我們約好次日見面。她似乎急著掛電話，我也不喜歡不面對面地聊天。電話裡我沒問她任何問題。

我在香榭麗舍大道上的公園等她，面對著都德[31]的雕像。她有點遲到，我一看到她就察覺有什麼事不對勁，她甚至沒試著擠出微笑，只過來

31 都德（Alphonse Daudet, 1840-1897），法國小說家。

坐在我身旁。
「事情不順利？」
「不順利，」她沒有起伏的聲音說：「巴斯卡不要。」
「不要什麼？」
「不要訂婚。不要現在訂婚。」
「然後呢？」
「婚禮一舉行完，媽媽就要把我送到劍橋。」
「太荒謬了！」我說：「這不可能！巴斯卡不能讓您走！」
「他說我們可以通信，他會試著來看我一次，兩年時間並不是那麼長。」安德蕾語調毫無高低，就像背誦連她自己也不相信的經文。
「但是為什麼呢？」我說。
通常，安德蕾跟我重述對話的時候都如此清晰，就像我自己親耳聽到一樣；但這次，她用沉悶的聲調做了一番凌亂不清的敘述。巴斯卡和她重逢時，看起來很激動，說他愛她，但是一聽到訂婚這個字眼，臉色就變了。不，他激動地說，不！他父親絕對不會接受他這麼年輕就訂婚。布龍代先生為兒子犧牲了這麼多，當然有權希望他全心全意準備甄試，一樁愛情故事在他眼裡就是分心。我知道巴斯卡非常尊敬父親，可以理解他的第一個反應就是怕父親傷心；但是當他知道卡拉太太不會退讓時，怎可能不放下這一切呢？

「他感覺到了這別離會讓您陷入不幸嗎？」

「我不知道。」

「您跟他說了嗎？」

「稍微。」

「必須堅持。我相信您一定沒有真正嘗試和他討論。」

「他看起來一副被逼到牆角的樣子，」安德蕾說：「我知道被逼到牆角的感覺是什麼！」

她聲音顫抖，我霎時明白她根本沒聽巴斯卡的原因，也沒嘗試著反駁。

「現在反抗還來得及。」我說。

「為何我這一生總是得反抗我愛的人呢？」

她說這話如此忿然，我只好不再堅持。

我思索了一下。

「倘若叫巴斯卡去跟您母親解釋呢？」

「我跟媽媽建議過了，她覺得這樣不夠。她說巴斯卡若是認真想娶我，就會把我介紹給他的家人，若是他拒絕這麼做，就只能一刀兩斷。媽媽還說了一些奇怪的句子。」安德蕾說。

她神遊了一會兒。

「她跟我說：『我清楚你，你是我的女兒，是我的骨肉，你不夠堅強，讓我能放任你面對這些誘惑；若你抵擋不住誘惑，罪惡降在我身上也是我罪有應得。』」

她用詢問的眼光看著我，似乎希望我能幫她聽出這些話隱藏的意思，但是眼下我一點都不在意卡拉太太內心的悲劇小劇場。安德蕾的屈服令我著急。

「您若拒絕離開呢？」我說。

「拒絕？怎麼拒絕？」

「總不能強迫您上船吧。」

「我可以把自己關在房間裡，絕食，」安德蕾說：「之後呢？媽媽會去找巴斯卡的父親解釋……」

安德蕾把臉埋進雙手裡。
「我不要把媽媽想成敵人！太可怕了！」
「我去和巴斯卡談，」我果斷地說：「您沒和他好好溝通。」
「您不會得到任何結果的。」
「讓我試試看。」
「試吧，但是不會得到任何結果的。」
安德蕾神情嚴峻地看著都德的雕像，但她的眼光固定在這毫無生氣的大理石雕像之外的某個東西。
「上帝跟我作對。」她說。
聽到這句褻瀆之言，我渾身一震，就好像我相信上帝似的。
「巴斯卡會說您褻瀆，」我說：「如果上帝存在的話，祂不會和任何人作對。」

「誰知道呢？誰了解上帝是什麼呢？」她說。

她聳聳肩。

「喔！祂或許幫我在天堂保留了一個好位子，但在這塵世上，祂和我作對。」

然而，她以熱切的語氣說，明明也有上了天堂、在塵世間也一生幸福的人啊。

她突然哭了起來。

「我不要走！遠離巴斯卡、遠離媽媽、遠離您兩年，我沒有這個力量！」

我從來沒看過安德蕾哭，就算她和貝爾納斷絕的時候也沒有。我很想握住她的手，做點什麼事，但是被我們過往的嚴肅與矜持侷限住，我什麼也沒做。我回想她在貝塔里城堡屋頂上、心想是否往下跳的那兩個鐘頭：

那個時候，她內心也像此時一片黑暗。

「安德蕾，」我說：「您不會走，我不可能說服不了巴斯卡。」

她擦擦眼睛，看看手錶，站起來說：

「您不會得到任何結果的。」她又重複。

我堅信結果會是相反。我當晚打電話給巴斯卡，他的聲音親切愉快。他愛安德蕾，而且聽得進道理。安德蕾沒成功是因為她不戰而降，我呢，我要勝利，帶著戰果凱旋而歸。

巴斯卡在盧森堡公園裡的露天座上等我，每次約會他都是最早到的一個。我坐下來，我們大聲說著今天天氣真好。水池裡滑動著迷你小船，周圍種的花就像小針刺繡般一團錦繡，花種得井然有序，天空純淨率直，這一切更鞏固了我的篤定：我嘴裡說出的是真正的道理，是全然的事實，巴斯卡非讓步不可。我開門見山。

「我和安德蕾見面了，昨天下午。」

巴斯卡用心領神會的神情看著我。

「我也是，我正想和您談安德蕾。席樂薇，您得幫幫我。」

這正是當初卡拉太太跟我說的一句話。

「不！」我說：「我不會幫您勸安德蕾去英國。她不該走！她沒告訴您這讓她多麼恐懼，但是我知道。」

「她跟我說了，」巴斯卡說：「這也是為什麼我要求您幫我：她必須了解，分離兩年並不是什麼悲劇。」

「對她來說是悲劇，」我說：「她離開的不只是您，而是她的一生。我從來沒見過她這麼傷心難過，」我忿忿地說：「您不能讓她遭受這種情況！」

「您認識安德蕾，」巴斯卡說：「很清楚她總是一開始太感情用事，之後就會找到平衡。」

他接著說：

「如果安德蕾心甘情願地走，堅信我對她的愛，對未來有信心，分離就不是這麼可怕的事！」

「如果您放她走，她要怎麼堅信您、有信心呢？」

我驚愕地看著巴斯卡。

「總之，她幸福快樂或悲慘不幸都取決於您，您竟然選擇讓她不幸！」

「啊！您真會簡化一切。」巴斯卡說。一個小女孩玩的鐵環滾到他腳上，他敏捷地把它滾了回去。「幸福與不幸，首先是內心狀態的問題。」

「安德蕾現在的內心狀態就是鎮日哭泣，」我激憤地說：「她不像您那麼理性！當她喜歡一個人，就需要常常見到他。」

「為什麼我們要以愛為藉口就失去理性呢？」巴斯卡說：「我痛恨浪

漫的偏見。」

他聳聳肩。

「朝朝夕夕不是那麼重要，我是說實際字面的含義。要不然就是人們賦予它太大的重要性了。」

「安德蕾或許浪漫，或許她錯了，但如果您愛她，就該試著了解她。理性的論證是無法改變她的。」

我憂心忡忡地看著花壇裡種的天芥菜和鼠尾草，猛然自覺，「我也別想用理性的論證改變巴斯卡。」

「您為什麼這麼怕跟您父親談呢？」我問。

「那不是怕。」巴斯卡說。

「那是什麼？」

「我和安德蕾解釋過了。」

「她什麼都沒聽懂。」

「必須了解我父親，以及我和他之間的關係。」巴斯卡說。

他責備地看著我。

「席樂薇，您知道我愛安德蕾，不是嗎？」

「我知道您讓她絕望，只為了不讓您父親有任何不快。再怎麼說，」我焦躁地說：「他也猜得到你們遲早有一天會結婚！」

「他會覺得我這麼年輕就訂婚很荒謬，他會對安德蕾做出不好的評價，也對我失去所有的器重。」

巴斯卡直視我的雙眼。

「相信我！我愛安德蕾。我是有很重大的原因才拒絕她所要求我的。」

「我看不出有什麼重大的原因。」我說。

巴斯卡斟酌著字句，隨之做了一個無力的手勢。

「我父親老了，他累了，年老是件悲傷的事！」他感傷地說。

「至少試著跟他解釋情況！讓他知道安德蕾無法忍受這樣的分離。」

「他會跟我說我們可以忍受一切，」巴斯卡說：「您知道，他忍受了很多。我確信他會認為這次分離是好的。」

「為什麼？」我問。

我感覺巴斯卡身上有股讓我開始害怕的固執。然而我們頭上是同一片天，真理只有一個。

我突然福至心靈。

「您和您姊姊談過了嗎？」

「我姊姊？沒有。為什麼？」

「和她談談。或許她會找到和您父親溝通這件事的方式。」

巴斯卡沉默了一下。

「若我訂婚的話，牽涉更大的是我姊姊。」

我腦中浮現他姊姊艾瑪，寬大的額頭，一襲凹凸紋翻白領海軍藍洋裝，和巴斯卡說話時一副他屬於她所有的神情。想當然耳，艾瑪不是個盟友。

「啊！」我說：「您害怕的是艾瑪？」

「您為何不肯理解呢？」巴斯卡說：「我父親和艾瑪為我做了這麼多，我不想讓他們傷心，我覺得這很正常。」

「艾瑪總不會再希望你加入神職吧？」

「不是這樣。」

他猶豫了一下。

「年老並不好受，和一個老年人生活在一起也不好受。一旦我離開家，對我姊姊來說，家會是個悲傷的地方。」

是的，我理解艾瑪的觀點，比布龍代先生的觀點容易理解多了。我心想事實上，巴斯卡會不會是因為姊姊才隱瞞戀情。

「她總有一天要看你離開家啊！」我說。

「我只要求安德蕾兩年的耐心，」巴斯卡說：「到時候父親會覺得我想到婚姻很正常，艾瑪也會比較習慣於這個想法。今日如果我這樣做，就成了撕裂。」

「對安德蕾來說，這分別是個撕裂。如果有人該走，為什麼是她呢？」

「安德蕾和我，我們面前還有一輩子，有未來我們將會幸福的確信，我們可以為那些什麼都沒有的人犧牲一點時間。」巴斯卡有點動怒地說。

「她受的苦會比你多。」我說。

我帶著敵意看著巴斯卡。

「她還年輕，沒錯，這也就是說她熱血沸騰，她想暢快地活……」

巴斯卡點點頭。

「這也是我們分開一段時間會比較好的原因之一。」

我極為錯愕。

「我不懂。」我說。

「席樂薇，某些方面您比起您的年紀幼稚許多，」他說話的口吻就像以前聽我告解的多明尼克神父，「而且您沒有忠貞信仰，有些問題您並沒有想到。」

「譬如說？」

「訂婚儀式所代表的親密，對基督徒來說並不容易。安德蕾是個真正的女人，活生生的女體。就算我們抵抗誘惑，這誘惑也會不斷出現，這種纏繞的念頭本身就是罪。」

我覺得臉紅了。我沒想到會出現這個理由，也厭惡去面對。

「既然安德蕾準備好面對這個挑戰，您不能幫她做決定。」我說。

「我得幫她做決定，是我要幫她戰勝自己。安德蕾如此無私，她會為了愛情寧可遭受天罰。」

「可憐的安德蕾！每個人都想拯救她的靈魂，而她多麼想在這世上能領受一點幸福！」

「安德蕾對罪的意識比您強烈，」巴斯卡說：「只因為兒時一件無傷大雅的小事，她都可以悔恨不已。如果我們之間的關係變得不純淨，她不會原諒自己。」

我感覺自己正在節節敗退，憂慮使我鼓起勇氣。

「巴斯卡，聽我說，我剛剛和安德蕾共度了一個月：她精疲力竭。身體方面，她稍微恢復了一些，但是她又要失去胃口、又要失眠了，然後又會再病倒。精神方面她是真的精疲力竭，您能想像她是到了什麼地步，才下手拿斧頭砍自己的腳嗎？」

我一股腦地扼要敘述了安德蕾這五年來的人生。和貝爾納決裂的痛苦、發現她所處的世界的真相感受到的失望、為了按照自己的心意和意志去做而和母親展開的對抗，所有一點點勝利都沾染著悔恨，所有最微小的期望都害怕是個罪惡。我一邊說著，眼前展開安德蕾從未跟我揭露、但某些話語裡讓我預感到的深淵。我感到恐懼，相信巴斯卡一定也嚇到了。

「五年來每個晚上她都想死，」我說：「那一天，她如此絕望，竟對我說出：上帝跟我作對！」

巴斯卡搖搖頭，他的臉色並未改變。

「我和您一樣深知安德蕾，」他說：「甚至比您還深，因為我可以在您無法進入的領域跟隨著她的想法。她付出很多，但是您所不知的是，上帝依祂所安排的試煉來施予恩寵。安德蕾享有您所不知的喜樂和撫慰。」

我失敗了。我匆忙辭別巴斯卡，在失真的天空下垂著頭離開。我又想到另一些辯詞，但也不會有用。真是奇怪，我和巴斯卡曾有過千百次辯論，每次最終都會有一個說服另一個。今天，我們討論的是真實生活中的事件，所有理性論證都在我們各自執守的明顯事實前破滅。接下來幾天，我經常自問巴斯卡聽從的理由到底是什麼？他怕的是他父親、還是艾瑪？他真的相信誘惑和罪這些東西嗎？或這一切只是藉口呢？抑或是他排斥現在就開啟成人生活？每次面對未來他都憂心忡忡。啊！若不是卡拉太太要求訂婚，就什麼問題都沒有，巴斯卡這兩年可以輕鬆地和安德蕾見面，他會確定他們的愛是認真的，也會習慣成為男人這個想法。但是我也氣憤他的固執。我埋怨卡拉太太、巴斯卡，還有我自己，因為安德蕾身上有太多隱晦的東西，讓我沒辦法真正幫上忙。

過了三天，安德蕾又抽空跟我見了一面，她和我約在「春天百貨」裡的茶館。坐在我四周的女人都搽著香水吃著蛋糕，談著生活物價；安德蕾打從出生，就注定和她們一樣，但她和她們不一樣。我尋思該用什麼字句跟她說，我連安慰自己的話都還沒找到。

安德蕾快步走過來。

「我遲到了！」

「這一點都不重要。」

她經常遲到，不是因為不注意小節，而是因為她被太多要顧慮的事情羈絆。

「對不起和您約在這裡，我時間緊湊。」她說。她把手提袋和一系列的樣品放在桌上。

「我已經跑了四家店！」

「這是什麼差事！」我說。

我知道她的例行差事。每次卡拉家的妹妹們需要一件大衣或洋裝，安德蕾就得跑遍各大百貨公司和幾家專門服飾店，把布料樣品帶回家，經過商量，卡拉太太衡量品質和價格後選定布料。這次是為了製作婚禮的行頭，當然更要慎重其事。

「您父母又不差這點錢。」我有點不耐煩地說。

「是不差，但他們覺得錢不是拿來浪費的。」安德蕾說。

這並不是浪費，因為可以省去安德蕾跑東跑西張羅這些繁瑣採買的疲倦和麻煩。她眼睛下有黑眼圈，粉妝在蒼白臉色上突兀地剝落。然而，讓我極為吃驚的是，她微笑著。

「雙胞胎穿這個藍色絲布一定很可愛。」

我漫不經心地點點頭。

「您看起來很累。」

「逛百貨公司每次都會頭疼，我吃顆阿司匹靈。」

她點了一杯水和茶。

「您太常頭疼了，應該去看醫生。」

「喔！這是偏頭痛，時好時壞，我已經習慣了。」安德蕾邊說邊把兩包藥放進一杯水裡溶解，喝下之後又微笑。

「巴斯卡跟我敘述了你們的談話，」她說：「他有點難過，因為他覺得您誤解了他。」

她嚴肅地看著我。

「不應該這樣！」

「我沒有誤解他。」我說。

我沒有其他選擇，既然安德蕾不能不走，我寧可她對巴斯卡抱著信心。

「沒錯，我面對事情都太誇張了，」她說：「我以為自己沒有那個力量，其實力量一定有的。」

她神經質地把手指交叉放開，但她的臉很平靜。

「我所有的不幸都源自我不夠相信，」她接著說：「我必須相信媽媽、相信巴斯卡、相信上帝，那麼我就會感覺其實他們並不互相牴觸，也沒有人想傷害我。」

與其說給我聽，她似乎比較像是說給自己聽，這不像她平日習慣的作風。

「是啊，」我說：「您知道巴斯卡愛您，你們遲早會結婚，那這兩年也不是這麼漫長……」

「我離開會比較好，」她說：「他們是對的，我也知道。我很清楚肉欲是種罪，那就應該逃離肉欲。且讓我們勇敢面對事實。」

我沒回答。我問她：

「您在那裡生活自由嗎？有自己的時間嗎？」

「我會上幾堂課，但有很多閒暇時間。」安德蕾說。她喝了口茶，手指平靜下來。

「這樣看來，去英國倒是件好事，我待在巴黎的話，生活一定糟透了。在劍橋，我可以鬆一口氣。」

「要多睡多吃。」我說。

「別擔心，我會乖乖的。但我也想學習，」安德蕾生氣勃勃地說：「我要念英國詩，有好多好美的英國詩啊。我或許試著做一點翻譯。尤其我還想研究英國小說，我覺得針對小說有很多可談的，很多從來沒被研究過的東西。」

她微笑。

「我的想法還很模糊不清，但最近冒出了一堆想法。」

「我很希望您跟我談談這些想法。」

「我會跟您討論的。」

安德蕾喝光茶。

「下次我會想辦法挪出多一點時間。不好意思讓您為了這五分鐘跑一趟，但我只是想跟您說不必再擔心我。我現在明白事情是按照妥當的方式進行。」

我和她一起走出茶館，和她在一個賣糖果的攤位前分開。她對我露出一個鼓舞人心的大大微笑。

「我再打電話給您。下回見！」

* * *

事情後來的發展，我是從巴斯卡口中聽到的。我叫他一遍又一遍重述當時的場景、所有的細節，幾乎都分不清是不是我自己的記憶了。那是在兩天後，傍晚時分。布龍代先生在書房裡批改作業，艾瑪削著蔬菜皮，巴斯卡還沒回家。有人按門鈴。艾瑪擦乾手去應門，門口站著一個棕髮年輕女生，整整齊齊一身灰色套裝，但是頭上沒戴帽子，在那個時代這是很不正規的事。

「我想見布龍代先生。」安德蕾說。

艾瑪以為是父親以前的學生，就讓安德蕾進了書房。布龍代先生驚訝地看見一個陌生女子朝他走來，只能伸出手。

「日安，先生。我是安德蕾・卡拉。」

「對不起，」他握著她的手說：「我不記得您……」

她坐下，放肆地交叉雙腿。

「巴斯卡沒跟您說過我嗎？」

「啊！您是巴斯卡的同學？」布龍代先生說。

「不是同學。」她說。

她看看四周。

「他不在家？」

「不在……」

「他在哪兒？」她擔憂地問：「他已經在天上了嗎？」

布龍代先生仔細端詳著她：她的顴骨像著了火發紅，很顯然發燒了。

「他待會兒就回來。」他說。

「這不重要，我來是要見您。」安德蕾說。

她打了個寒顫。

「您盯著我，是想看我臉上是否有罪惡的標誌嗎？我對您發誓我不是罪人，我一直對抗罪惡，一直以來都是。」她激動地說。

「您看起來是個非常善良的年輕女孩。」布龍代先生結巴地說，開始覺得像在炭火上似的坐立難安，再加上他還有點耳背。

「我不是個聖女，」她說，用手擦拭著額頭，「我不是個聖女，但我不會傷害巴斯卡。我求求您別逼我走！」

「走？走去哪裡？」

「您有所不知，若您逼我走，媽媽就要把我送到英國去。」

「我不會逼您，」布龍代先生說：「這是個誤會。」

找到這個字眼讓他大鬆一口氣，他又說了一遍：

「這是個誤會。」

「我知道如何持家，」安德蕾說：「巴斯卡什麼都不會缺。而且我不喜歡交際，如果有點空餘時間，我會拉小提琴、和席樂薇見面，不會要求更多了。」

她擔憂地看著布龍代先生。

「您認為我不夠理性嗎？」

「非常理性。」

「那您為什麼反對我？」

「我的小朋友，我再重複一次，這中間有誤會，我並沒有反對您，」布龍代先生說。

他不懂發生了什麼事，但這個雙頰發燒的年輕女孩讓他心生憐憫，他想讓她放心，回答得如此堅決肯定，這讓安德蕾的臉色放鬆下來。

「真的嗎？」

「我跟您發誓。」

「那麼您不會阻止我們生孩子嗎?」

「當然不會。」

「七個孩子，太多了，」安德蕾說：「其中一定有瑕疵品，但是三、四個很好。」

「您跟我說一下您的事吧。」布龍代先生說。

「好。」安德蕾說。

她思索了一下。

「您可知道，我對自己說應該要有勇氣離開，我對自己說我會有這個勇氣。但今天早上醒來，我明白我做不到，所以前來請求您可憐可憐我。」

「我不是敵人，」布龍代先生說：「把事情說給我聽吧。」

她開始敘述，有點前言不著後語。巴斯卡在門外聽到，大吃一驚。

「安德蕾！」他走進書房責備地說。但他父親一個手勢制止了他。

「卡拉小姐有話要跟我說，而我非常高興認識她，」他說：「只不過她很疲憊，發著燒，你送她回她媽媽家。」

巴斯卡走近安德蕾，握住她的手。

「是啊，您發燒了。」他說。

「這沒關係，我很開心，您父親並不討厭我！」

巴斯卡摸摸安德蕾的頭髮。

「等我一下，我去叫計程車。」

他父親和他走到候見廳裡，跟他描述了安德蕾來訪的始末。

「你為什麼都沒跟我說呢？」他責備地問巴斯卡。

「我一定是做錯了。」巴斯卡回答。

他突然覺得某種陌生、嚴酷無情、難以忍受的東西湧上喉頭。安德蕾閉著雙眼，他們沉默地等著計程車。他攙著她的手臂下樓。在計程車上，她把頭靠在他肩膀上。

「巴斯卡，您為什麼從未親吻我呢？」

他吻了她。

巴斯卡簡短地和卡拉太太解釋了情況，他們一起坐在安德蕾床頭。

「你不用走，一切都解決了。」卡拉太太說。安德蕾微笑地說：

「那要訂香檳酒。」

隨後她開始譫妄。醫生開了鎮定劑，他提到腦炎、腦膜炎，但無法定奪。

卡拉太太寄來一封氣動傳輸信[32]，告訴我說安德蕾譫妄了一整夜。醫生說必須進行隔離，於是把她送到郊區聖日耳曼昂萊一間醫院，用盡所有方法讓她退燒。她和一名女護士朝夕單獨相處了三天。

「我要巴斯卡、席樂薇、我的小提琴和香檳酒。」她不停重複地囈語。燒一直退不下來。

卡拉太太第四天夜裡守著她，到了早晨，安德蕾認出了她。

「我要死了嗎？」她問：「我不能在婚禮之前死，兩個小的穿藍色絲布一定好可愛啊！」

她如此虛弱，幾乎沒力氣說話。她重複了好幾次，「我會破壞婚慶！我搞砸一切！我只會給你們帶來麻煩。」

她隨後握緊母親的手。

32　氣動傳輸是一八三〇年發明的傳輸系統，以蒸汽驅動的離心機在輸送管內造成真空，推動鋼製的輸送筒前進。把信件放在輸送筒裡，便可快速傳送到目的地。巴黎是最早啟用這種系統傳送信件的城市之一。

「不要難過，」她說：「每個家庭裡都有瑕疵品，我就是那個瑕疵品。」

她或許還說了別的，但卡拉太太沒轉述給巴斯卡。我十點打電話去醫院的時候，醫院回答：「已經結束了。」醫生們一直沒確定死因。

在醫院的小聖堂裡，我又見到安德蕾，躺在一圈白蠟燭和花中間。她穿著粗布長睡袍，頭髮長長了，硬直的髮絲垂在蠟黃的臉龐兩邊，臉如此瘦削，幾乎看不出五官了。雙手蒼白的長手指交叉在十字架上，似乎一觸便會散裂，就像一具非常古老的木乃伊。

她葬在貝塔里的墓園，安眠於祖先的骨灰之間。卡拉太太泣不成聲。「我們只是上帝手中的工具。」卡拉先生對她說。墳上覆蓋滿滿的白色鮮花。

我隱約明白安德蕾是被這一片白皙窒息而死。在趕去搭火車之前，我在這一片純白花束上，放下三朵紅玫瑰。

西蒙・德・波娃年表

一九〇八年　出生於法國巴黎蒙帕納斯大街一〇三號，圓亭咖啡館樓上。

一九二五年　通過數學和哲學的文憑考試，在巴黎天主教學院學習數學並取得學士學位，稍後在聖瑪麗學院學習文學和語言。

於此時結識伊莉莎白（小名扎扎），兩人的深刻友誼持續到一九二九年伊莉莎白因病去世。

一九二八年　在巴黎索邦大學獲得哲學文科學位，接著開始編寫一篇以萊布尼茲哲學為主題的畢業論文。

一九二九年

在高中教師招聘會考中名列第二，僅次於沙特，為有史以來最年輕通過該考試的人。在這個階段結識了沙特、梅洛龐蒂及斯特勞斯等人。

一九二九年—一九四三年

先後於蒙格朗中學、聖貞德公立高中及巴黎莫里哀高中任教。一九四〇年，納粹進占巴黎時，曾短暫被革除教師職位，也促使她開始思索知識分子投入政治的問題。

一九四三年

出版小說作品《女客》（*L'Invitée*）。同年，遭指控引誘女學生遭到停職，波娃在法國的教師資格被吊銷，但隨後又被恢復。

一九四四年

撰寫第一篇哲學論文《皮瑞斯與辛尼阿斯》（*Pyrrhus et Cinéas*），以存在主義倫理學為主題。

一九四五年

與沙特等人共同創立《現代雜誌》，負責編輯，並以政治、存在主義與倫理學為題撰文。

一九四七年　發表第二篇論文《歧義的存在主義》（*Pour une morale de l'ambiguïté*），成為後世讀者理解法國存在主義的入門書籍。同年，展開為期四個月的美國之行。

一九四八年　出版日記體遊記《西蒙波娃的美國紀行》，如今被視為美國公路文學的傑作。

一九四九年　《第二性》出版並大獲成功，一週內銷量突破兩萬冊，打響了當代女性主義的名言「女人不是天生的，而是後天形成的」。此書的出版也掀起筆戰，梵蒂岡將其列為禁書。

一九五四年　發表小說《名士風流》，獲得法國最高榮譽的文學獎「龔固爾文學獎」。此書詳述戰後法國社會，並講述了波娃與沙特組成的文化社交圈及私人生活，包括她與美國作家納爾遜·艾格林的關係。

一九五五年　與沙特應中國政府邀請，展開四十五天的中國行。回國後寫下描述中國的著作《長征》（*La Longue Marche*）。

一九五八年　發表自傳作品《一個乖女孩的回憶錄》，描述她如何擺脫中產階級社會強加於她的束縛，也提到與沙特的關係。

一九六〇年　在古巴最大的報紙《革命報》主編的邀請下與沙特共同訪問古巴，與卡斯楚、切．格瓦拉會面，並稱讚古巴革命是以暴力取得正面結果的例證。

一九六四年　《一場極為安詳的死亡》出版，此書描述了波娃母親於生命中最後的一段日子。

一九七〇年　出版《論老年》，是當時罕見深刻思考死亡與衰老的作品。

一九七一年　法國《新觀察家》雜誌刊登波娃撰寫的「三四三蕩婦宣言」爭取墮胎合法化，此宣言由三百四十三名法國女性具名簽署，包括演員凱撒琳．丹妮芙、作家莒哈絲、莎岡等等。

一九七三年	於《現代雜誌》新闢女性主義專欄。
一九七五年	榮獲耶路撒冷獎。此國際文學獎由以色列所設立，表揚為人類自由而戰的作家。
一九七八年	榮獲歐洲最著名的文學獎項之一「奧地利國家歐洲文學獎」。卡爾維諾、萊辛、昆德拉、魯西迪等作家皆曾獲頒此獎項。
一九七九年	出版早年撰寫的第一部小說《當事物的靈魂先來》（*Quand prime le spirituel*），是她早期以女性為基礎的一系列短篇故事。從撰寫到發表，時隔四十年。
一九八〇年	沙特辭世後，寫下回憶沙特的作品《再見沙特》，但因內容過於私密，引起部分哲學家不滿。
一九八四年	為《全球性的姊妹：國際婦女運動選集》（*Sisterhood Is Global*）撰文，該選集美國作家由羅賓・摩根編輯。

一九八六年

二〇二〇年

因肺炎於巴黎去世，享年七十八歲。她於死後葬在蒙帕納斯公墓，位於沙特旁邊。

在養女西爾維・勒龐—德・波娃的奔走下，自傳性小說《形影不離》出版，講述與摯友扎扎的情誼。此書於一九五四年撰寫，因沙特認為太過私密，故波娃生前未曾公諸於世。

照片與手稿

感謝西爾薇・勒龐——德・波娃和伊莉莎白・拉科因協會提供以下資料照片與寶貴協助。

拉科因家庭合照，一九二三年攝於歐巴丹。扎扎位於第二排左四。

一九二七年攝於坎尼班莊園，扎扎和西蒙在這裡度過長長的度假時光。

一九二八年的扎扎。

一九一五年的西蒙。和扎扎相遇前沒多久。

莫里斯·梅洛龐蒂，扎扎的摯愛，即本書中的巴斯卡。

由左至右：扎扎、西蒙、吉娜薇芙・納維爾（Geneviève de Neuville），一九二八年九月攝於坎尼班莊園。扎扎和西蒙自十歲那年在巴黎安德林蝶西天主教學校相識以來，始終是好友。

西蒙・德・波娃在坎尼班莊園打網球，攝於一九二八年。

扎扎和西蒙在坎尼班莊園，攝於一九二八年九月。

扎扎和西蒙在坎尼班莊園，攝於一九二八年九月。

漢娜街（rue de Rennes）七十一號，西蒙一九一九至一九二九年間住在此棟樓的五樓左邊。

© Collection Sylvie Le Bon de Beauvoir
沙特和西蒙・德・波娃，攝於一九二九年七月，教師甄試期間在巴黎奧爾良城門（porte d'Orléans）的遊樂場。

© ORPHAN WORK
西蒙從一九三八年之後經常造訪的花神咖啡館（Le café de Flore）。

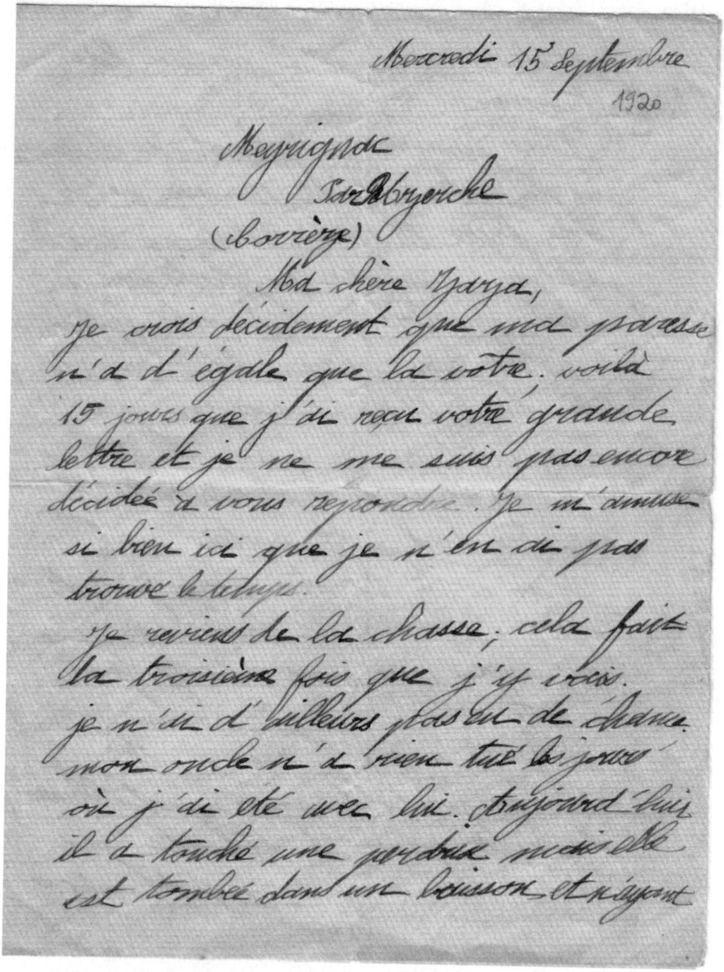

Mercredi 15 Septembre
1920

Meyrignac
par Uzerche
(Corrèze)

Ma chère Zaza,

Je crois décidement que ma paresse n'a d'égale que la vôtre. voilà 15 jours que j'ai reçu votre grande lettre et je ne me suis pas encore décidée à vous répondre. Je m'amuse si bien ici que je n'en ai pas trouvé le temps.

Je reviens de la chasse; cela fait la troisième fois que j'y vais. je n'ai d'ailleurs pas eu de chance. mon oncle n'a rien tué les jours où j'ai été avec lui. aujourd'hui il a touché une perdrix mais elle est tombée dans un buisson et n'ayant

西蒙十二歲時寫給扎扎的一封信，其中的第一頁和第四頁，以紫色鋼筆墨水寫成，信尾署名「您形影不離的朋友」：

「我親愛的扎扎，我堅決相信我比您怠惰多了；我收到您的長信已經十五天了，卻遲遲未回覆。我在這裡玩得非常愉快，根本抽不出時間。我剛打獵歸來；這是我第三次去打獵，但是前兩次運氣都不好，我叔叔什麼都沒獵到。今天他打中一隻山鶉，但是牠掉到灌木叢裡，沒有（……）沒剩下。

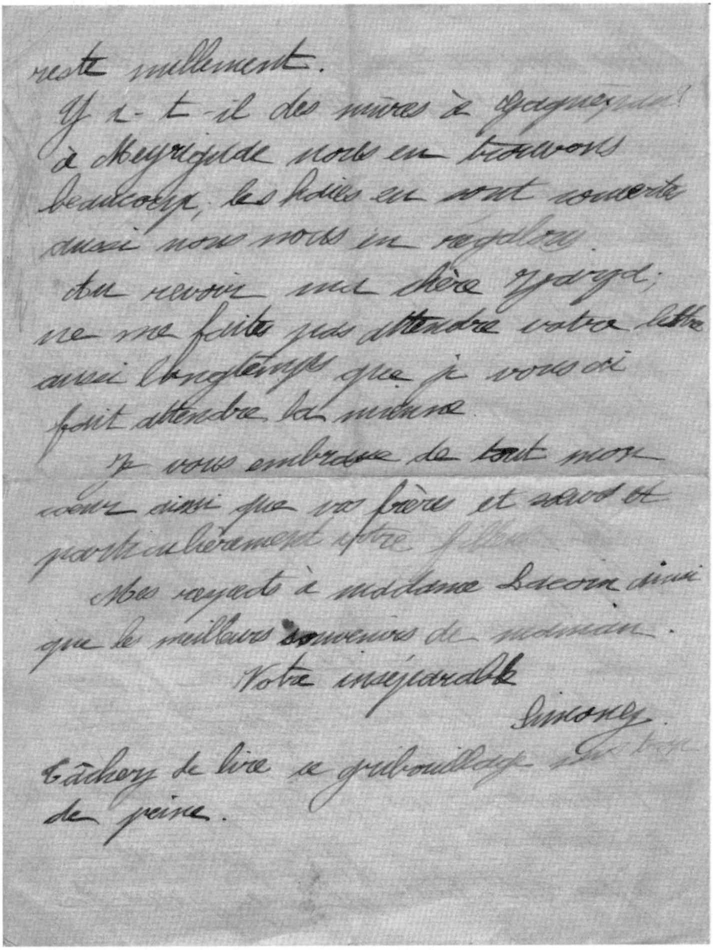

reste nullement.

Y a-t-il des mûres à Gagnepan? à Meyrignac nous en trouvons beaucoup, les haies en sont couvertes aussi nous nous en régalons.

Au revoir ma chère Zaza; ne me faites pas attendre votre lettre aussi longtemps que je vous ai fait attendre la mienne.

Je vous embrasse de tout mon cœur ainsi que vos frères et sœurs et particulièrement votre filleule.

Mes respects à madame Lacoin ainsi que les meilleurs souvenirs de maman.

Votre inséparable

Simone.

Tâchez de lire ce griffonnage sans trop de peine.

坎尼班那裡有野桑葚嗎？梅西尼亞可這裡很多，長滿樹籬，我們吃得很盡興。再見，我親愛的扎扎，別讓我像您等我的信這樣等這麼久。我全心擁抱您，以及您的兄弟姊妹，特別是您的教女。代我向拉科因太太致敬，也代我媽媽向她問好。您形影不離的朋友。西蒙。請費心看懂我潦草的字跡。」

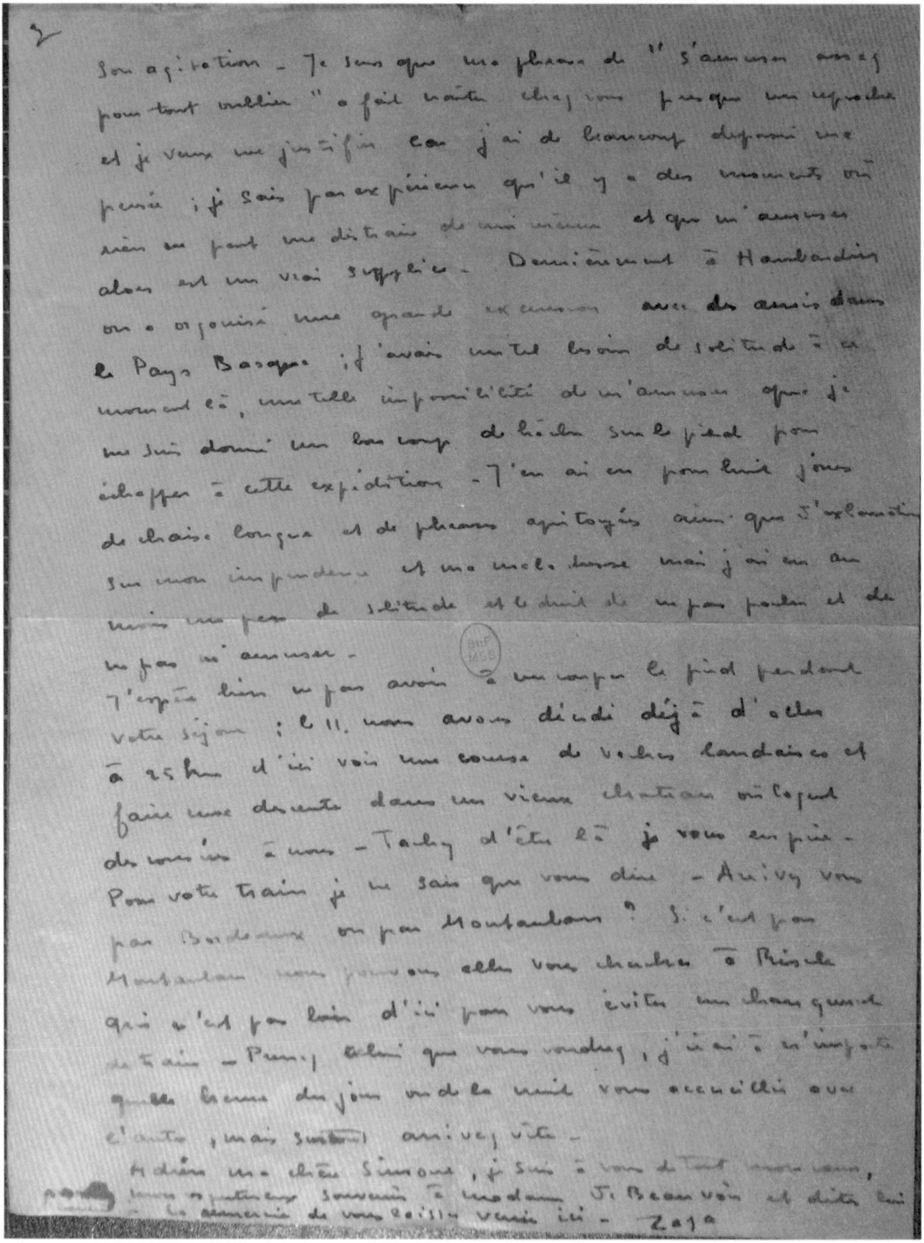

2

Son agitation – Je sens que ma phrase de "s'amuser assez pour tout oublier" a fait naître chez vous presque un reproche et je veux me justifier car j'ai de beaucoup dépassé ma pensée ; je sais par expérience qu'il y a des moments où rien ne peut me distraire de moi-même et que m'amuser alors est un vrai supplice – Dernièrement à Haubardin on a organisé une grande excursion avec des amis dans le Pays Basque ; j'avais un tel besoin de solitude à ce moment là, une telle impossibilité de m'amuser que je me suis donné un bon coup de hache sur le pied pour échapper à cette expédition – J'en ai eu pour huit jours de chaise longue et de phrases apitoyées ainsi que d'exclamations sur mon imprudence et ma maladresse mais j'ai eu au moins un peu de solitude et le droit de ne pas parler et de ne pas m'amuser –

J'espère bien ne pas avoir à me couper le pied pendant votre séjour : le 11 nous avons décidé déjà d'aller à 25 km d'ici voir une course de vaches landaises et faire une descente dans un vieux château où l'on peut descendre à nous – Tâchez d'être là je vous en prie –

Pour votre train je ne sais que vous dire – Arrivez vous par Bordeaux ou par Montauban ? Si c'est par Montauban nous pouvons aller vous chercher à Riscle qui n'est pas loin d'ici pour vous éviter un changement de train – Prenez celui que vous voudrez, il n'importe à quelle heure du jour ou de la nuit vous accueillir avec l'autre, mais surtout arrivez vite –

Adieu ma chère Simone, je suis à vous de tout mon cœur, toutes mes respectueux souvenirs à Madame de Beauvoir et dites lui de vous laisser venir ici – Zaza

一九二七年九月三日扎扎寫給西蒙的信，信中提到她為了逃避坎尼班的喧鬧，拿斧頭砍自己腳的這一段。

坎尼班，一九二七年九月三日

我親愛的西蒙：

收到您的來信，正好是我剛度過幾個小時與自己的獨處，對自己有了更清明的了解的時候，這是我在假期前半段不可得的事。我讀您的信的時候非常高興，感受到我們倆依舊如此親近，因為您上封來信讓我感覺到您疏遠了我許多，而且相當突然地改變了初衷。請原諒我對您的誤解，這誤解是來自於您更前一封信，您在信中表達了對探索真理的堅持，說是您最新的成果，然而，我認為這個圓滿成果只不過是生命裡的一個目標、一種意義，但同時是對其他價值的否定，也是放棄了我們人性中如此美好的一部分。我相信您一定不想做這樣的否定，也不會放棄自己本身的任何部分，這才是真正的活力，我現在堅決相信這一點，也認為必須勉力達到內心某個程度的完美，那麼，我們心中一切矛盾衝突就會化解，才能得到充分的自我實現。這也是我特別喜歡您所說的「完整解救自我」的原因，這真是人的存在之中最美的一個人性概念，也和基督教中「拯救自己的靈魂」的意念相近——如果我們真正懂得它最廣闊的含義。

（……）雖然您並沒說，但我從您信中能感受此時您的心中平靜喜樂，這也讓我平靜。這世界上最溫柔的一種感受，就是知道有個人能全盤了解自己，他的友誼可以完全信賴。

趕快來吧，如果可以的話十日就來，這日期——如同其他別的日期——對我們都適合。您會遇到納維爾一家人，他們八日到十五日會在這裡，因此您到的前幾天可能會比較吵鬧，但是我希望在他們離開後，您還可以待下來很長時日，那就可以同時見識到坎尼班的熱鬧與寧靜。我感覺我那句「玩樂以求忘卻」讓您產生些許責備之意，在此我要辯解，我的字句難以表達內心想法，經驗告訴我，有許多時候沒有任何事能讓我分心消遣，要勉強自己玩樂非常痛苦。前陣子，在歐巴丹，他們安排了和巴斯克地區的朋友一起出遊，但我實在渴望自己靜一靜，根本玩樂不起來，就拿斧頭在腳上砍了一下，逃掉了那次出遊。我在長椅上躺了八天，聽了一堆可憐我的話、說我太粗心太笨手笨腳的驚嘆語句，但至少賺到些許安靜獨處，得以不說話也不玩樂。

我希望您來的時間裡我不必再砍腳，十一日我們決定到二十五公里外觀賞一場朗德區牛隻賽跑，然後去我們表親的舊城堡住一晚。請您那天一定要來喔。至於火車，我不知該怎麼建議。您是從波爾多過來，還是蒙多邦呢？如果是蒙多邦，我們可以去西斯格勒接您，離這裡不遠，省得您還要轉車。隨便坐哪個班次都行，白天晚上不管幾點我都會開車去接您，只要您快點來就好。

再見我親愛的西蒙，我全心全意屬於您。〔有一無法辨認的字：代為？或是請勿忘〕我對波娃太太充滿敬意的心思，請告訴她我滿心感謝她肯讓您來。

扎扎

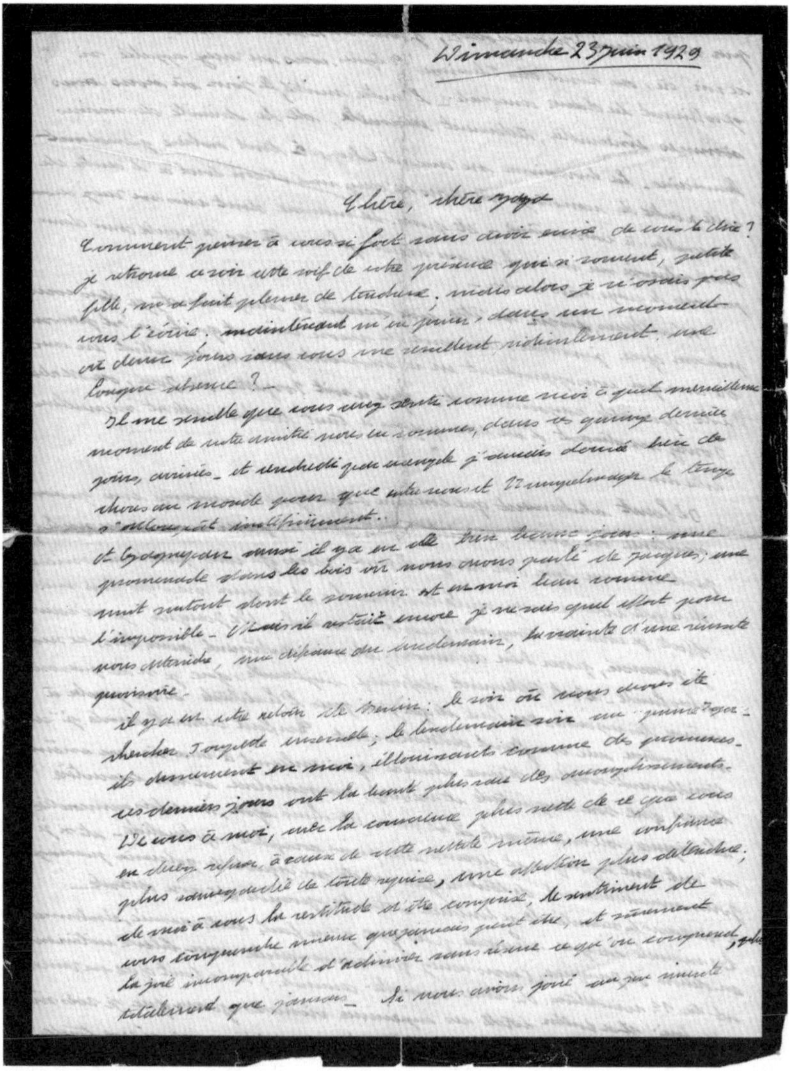

Dimanche 23 juin 1929

Chère, chère Zaza

西蒙寫給扎扎的一封信，當中的第一頁，用的是弔唁的信紙，那是因為西蒙的祖父剛去世不久（一九二九年五月十二日在梅西尼亞可）。

【第一頁】

（巴黎）一九二九年六月二十三日星期日

親愛的、親愛的扎扎：

對您思念至此，何能不向您告白呢？今晚我又感受到想和您在一起的渴望，這渴望小時候常引得我溫馨地流淚呢。那時候不敢寫信告訴您，但是現在，就算只是兩天不見，就會讓我覺得漫長分離，哪能不寫信給您呢？

我認為您和我一樣，也感受到我們的友誼目前是多麼美好，尤其是過去這十五天，例如上星期五，我願意傾盡所有換取我們在杭貝梅葉茶館的時光持續到永遠。

在坎尼班我們也度過了許多美好時光：有一次在樹林裡散步，我們談論著傑克；尤其有一夜的回憶美得不像真的。但我們之間還存著必須努力的，例如對明日的恐慌、擔心這友誼只是一時。

還記得您從柏林回來的那天嗎？那天晚上我們一起去找布蓓特，次日晚上去看《伊果王子》，這些回憶讓我目眩神馳，像誓言一般。過去的這些天，擁有比圓滿更罕見的美。您以更清晰的意識（之前您反感太過清晰的意識），對我有了更無悔的信心、更輕鬆的感情；我對於您呢，則確定您了解了我，感覺我也比過去更了解您，當然還有對自己比以前了解得更全面的東西的萬般讚嘆和無比喜悅。我們當初玩的那個自己發明的遊戲……

（第二頁和第四頁不在史料中）

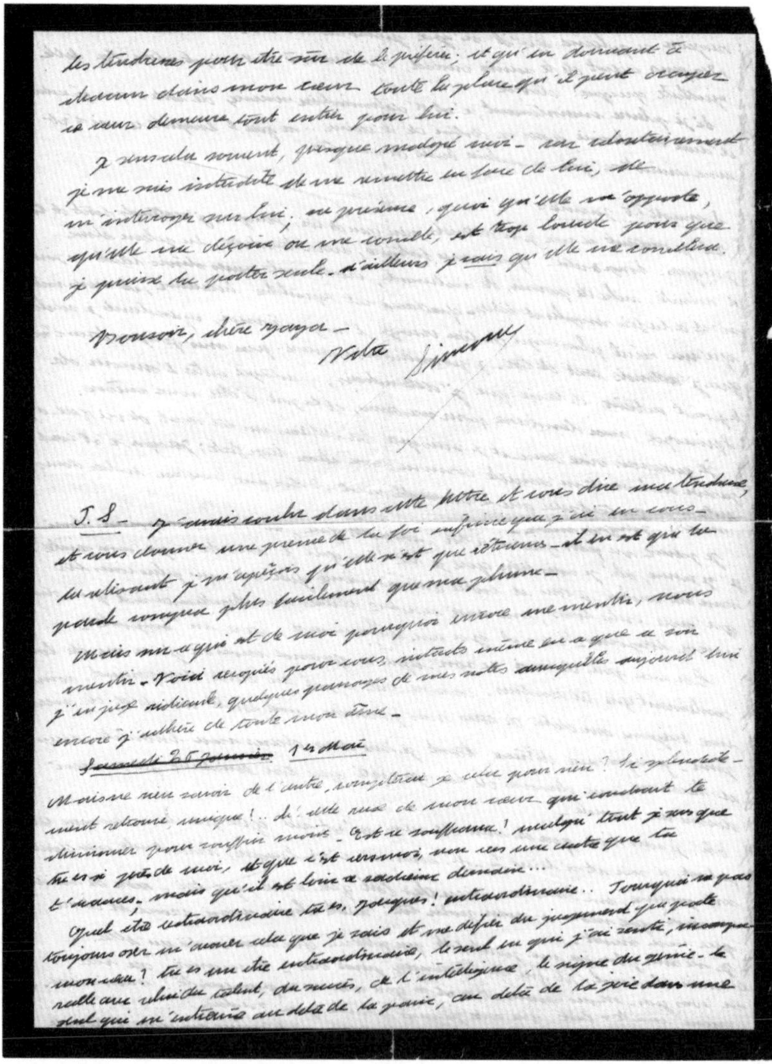
les tendresses pour être sûr de la préférer; et qui en donnant à chacun dans mon cœur toute la place qu'il peut occuper le cœur demeure tout entier pour lui.

J'ai voulu souvent, puisque malgré moi — [illegible] volontairement je me suis interdite de me remettre en face de lui, de m'interroger sur lui; ce problème, quoi qu'elle m'apporte, qu'elle me déçoive ou me comble, est trop lourde pour que je puisse la porter seule. D'ailleurs je sais qu'elle me comblera.

Bonsoir, chère Zaza —

Votre Simone

第三頁。西蒙在信中抄錄一段她五月一日的日記內容。

【第三頁】

……確定最愛那個人給我內心帶來的溫柔，在我給每個人我心中屬於每個人的位置的同時，這顆心還是全部屬於他。

我經常有這種感受，幾乎是不自覺，因為在自覺的情況下，我禁止自己面對那個人、猜測他的心思；他的出現，不管帶給我的是失望或狂喜，都太過沉重，無法獨自承擔——何況，我知道帶來的會是狂喜。

晚安，親愛的扎扎

您的西蒙

P.S. 我本想在這封信中訴說對您的感情，告訴您我內心對您的無垠忠貞。但是重讀一次信，發覺信根本沒有表達我的心意。我下筆時受到的束縛比說話時還來得多。

但是對於我來說，為什麼還要欺騙自己、欺騙您呢？以下抄錄我日記裡的片段給您，雖然現在看起來無稽可笑，但仍然是由衷的。

~~一月六日星期六~~　五月一日

但是完全不知對方怎麼想，難道我真的不想知道嗎？如此美麗的重逢，獨一無二！……喔！我心中的詭計想要降低你的重要性，以便讓自己少受點折磨。這是折磨嗎？儘管我知道你就在我身邊，走向我，而不是走向另一個女子，但是這燦爛的園地還如此遙遠……

你是多麼超凡的人，傑克！超凡……

為何不敢對我承認我已經知道的事實，讓我心所斷定的落空呢？你是個超凡的人，唯一讓我覺得任何有天分、成功、聰明、天才的人都比不上，唯一引領我走向比平和、比歡娛更高的境界……

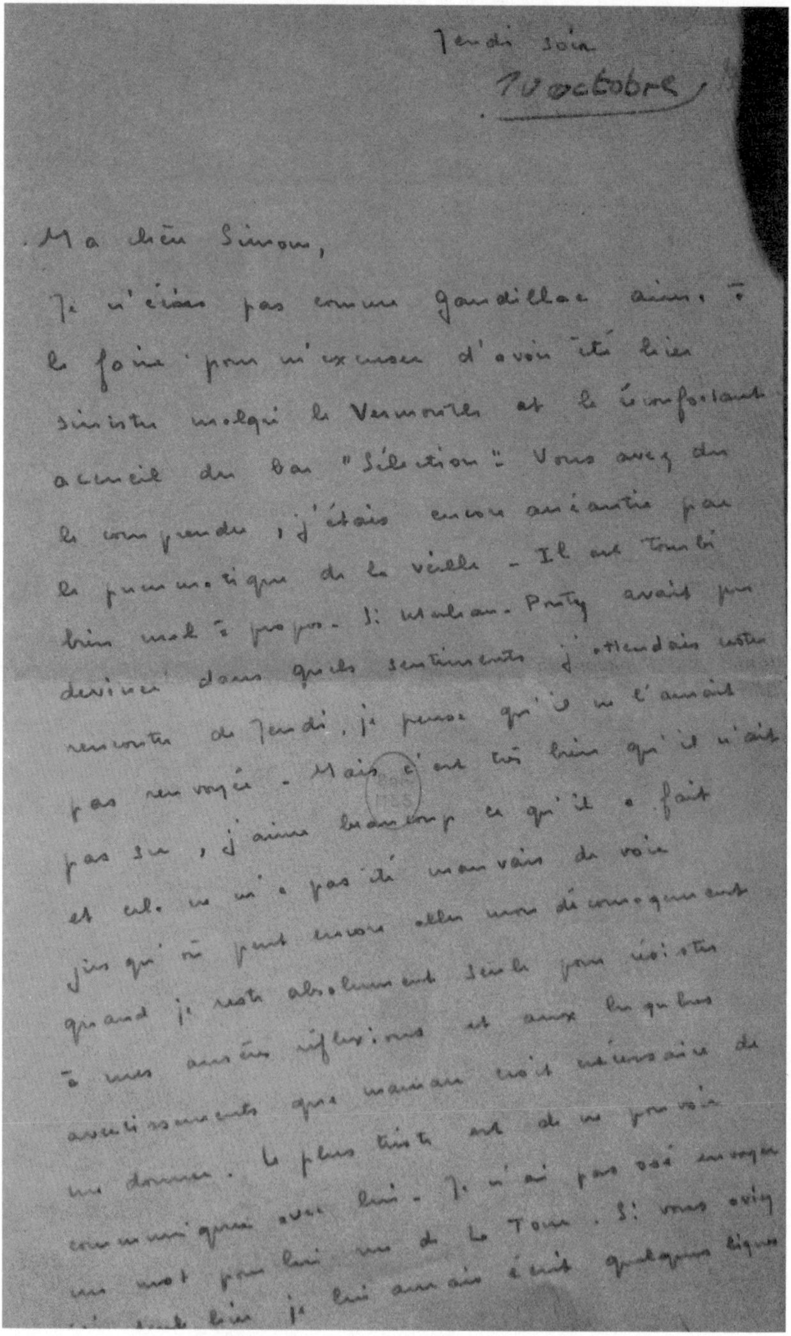

Jeudi soir
11 octobre

Ma chère Simone,

Je n'étais pas comme Gandillac ainsi ... le soir pour m'excuser d'avoir été bien sinistre malgré le Vermouth et le réconfortant accueil du bar "Sélection". Vous avez dû le comprendre, j'étais encore anéantie par le pneumatique de la veille. Il est tombé bien mal à propos. Si Merleau-Ponty avait pu deviner dans quels sentiments j'attendais notre rencontre de Jeudi, je pense qu'il ne l'aurait pas envoyé. Mais c'est très bien qu'il n'ait pas renvoyé ...

扎扎寫給西蒙的信，信中提及對梅洛龐蒂的感情。

一九二九年十月十日，星期四晚間

我親愛的西蒙：

我不像岡迪拉克[1]喜歡做的一樣，寫信跟您對我昨天情緒低沉道歉，儘管在您的「精選酒吧」[2]受到苦艾酒和安慰人心的招待。請您理解，我還在前一天收到的那封氣動傳輸信打擊之下。那封信真來得太不是時候了。倘若P（梅洛龐蒂）知道我有多麼期待星期四和他見面的心情，我想他不會寄出那封信。但是他不知道反倒好，我喜歡他所做的，讓我能知道自己的沮喪還能下沉到什麼程度，並不是件壞事。我孤孤單單一人抵抗自己的苦澀想法，獨自面對媽媽認為必須告訴我的淒涼警告。最令我悲傷的，是無法和他聯繫，我不敢寄任何一個字到他住的圖爾街上的家。如果昨天您是單獨一個人，我會寫幾行字，讓您用您那難以辨識的字跡寫信封。麻煩您好心地馬上寄一封氣動傳輸信給他，告訴他（我希望他已經知道）我一直在他身邊，不管憂愁或是歡喜；特別告訴他只要他想就可以寄信到我家。他最好不要不寫，因為如果我不能很快見到他的話，會非常需要至少他的隻字片語。此外，他不必擔心我此時會和他嘻嘻哈哈，倘若我跟他談起您，也會是嚴肅地談。就算他的出現解了我的煩憂，令我星期二開心地放下心來同您在費納龍中學的中庭中聊天，生命裡還是有許多悲傷的事，足以讓我們心情低落時談論。我所愛的人都無須擔心，我不會離開他們。此時我覺得自己牢牢站在地上，甚至對我自己的生命都懷著珍惜，這是以前從來沒有過的。我全心珍愛著您，西蒙，您這位不守禮教又傑出的女士。

扎扎

*

巴黎，一九二九年十一月四日，星期一

我親愛的西蒙：

我上星期六和P（梅洛龐蒂）見了面，他哥哥今天啟程去剛果。這一個星期，他忙著上課，也想多陪陪他母親，他哥哥的遠離對母親打擊很大。我們將會非常、非常開心這星期六去「精選酒吧」相聚，見見消失很長一段時間的您，穿著您那件美麗的灰色洋裝。我知道那些小同志們星期六可以離校，為何不召他們和我們一起聚聚，難道他們這麼討厭見到我們，或是您擔心我們會互相撕咬？至於我，我很期望早點認識沙特，我極為欣賞您念給我聽的他的信，他的詩句——雖然不熟練但很優美——引我深思。直到星期六，我因為太冗長不詳述的家庭因素無法如我所願與您單獨會面。且讓我們等待幾天。

我一直想念著您，全心全意愛著您。

扎扎

---

1 岡迪拉克（Gandillac, 1906-2006）是法國哲學、歷史學家。和沙特是高等師範學院同學，和西蒙．德．波娃也是好友。

2 原書編注：「精選酒吧」指的是西蒙．德．波娃從一九二九年九月起向她祖母租的那個房間，位於丹佛大道九十一號。是她第一個獨立住處。

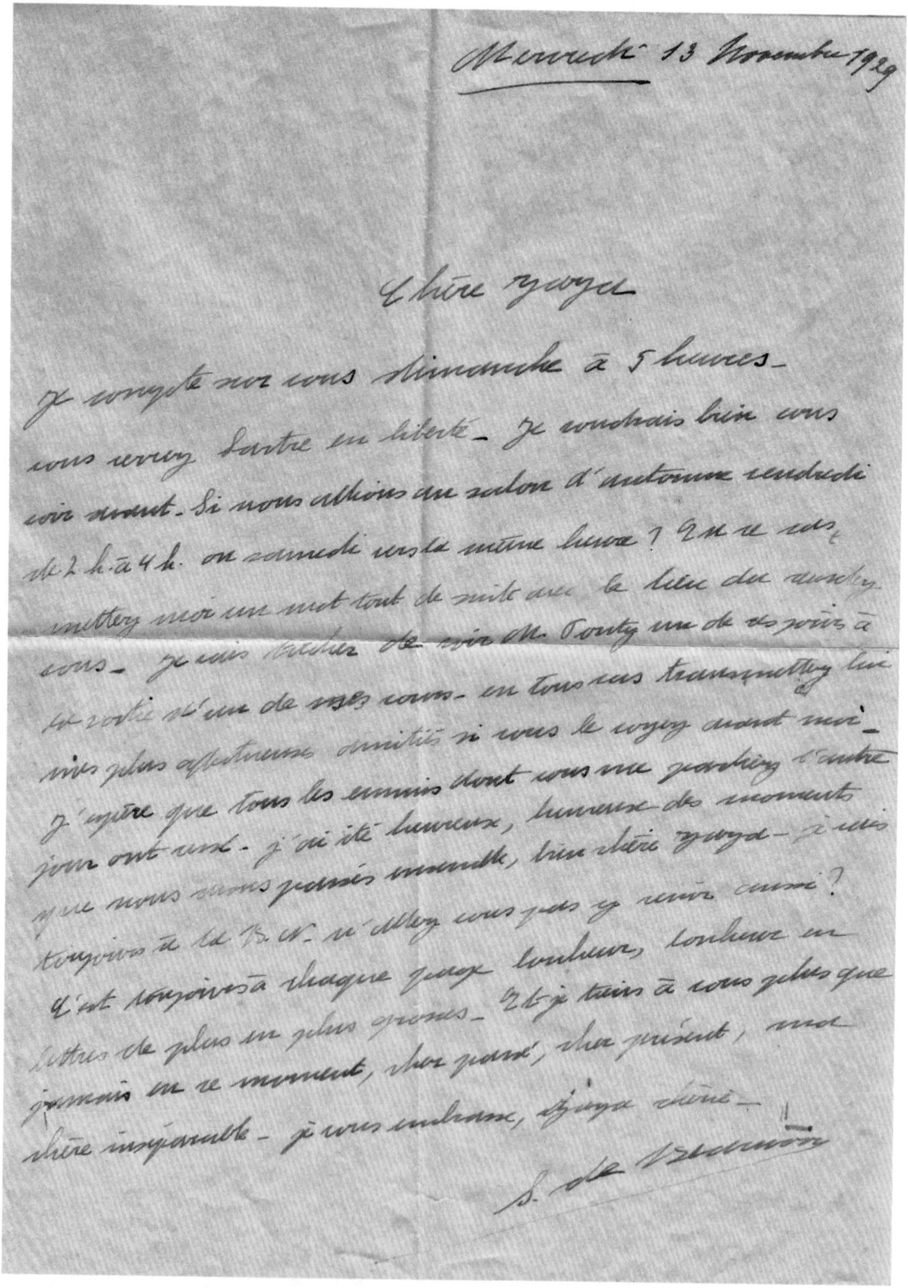

Mercredi 13 Novembre 1929

Chère Zaza

Je compte sur vous dimanche à 5 heures. vous verrez Sartre en liberté. Je voudrais bien vous voir avant. Si nous allions au salon d'automne vendredi de 2 h. à 4 h. ou samedi vers la même heure ? En ce cas mettez-moi un mot tout de suite avec le lieu du rendez-vous. Je vais tâcher de voir M. Ponty un de ces jours à la sortie d'un de ses cours. En tous cas transmettez lui mes plus affectueuses amitiés si vous le voyez avant moi. J'espère que tous les ennuis dont vous me parliez l'autre jour ont cessé. J'ai été heureuse, heureuse des moments que nous avons passés ensemble, bien chère Zaza. Je suis toujours à la B.N. n'allez vous pas y venir aussi ? C'est toujours à chaque page bonheur, bonheur en lettres de plus en plus grosses. Et je tiens à vous plus que jamais en ce moment, chose passé, chose présent, une chère inséparable. Je vous embrasse, Zaza chérie.

S. de Beauvoir

西蒙・德・波娃寫給扎扎的最後一封信，一九二九年十一月十三日，扎扎病情已非常嚴重，想必並沒有讀它。我們最後一次讀到「我形影不離的朋友」這個形容詞。扎扎於十一月二十五日辭世。

（一九二九年十一月十三日）星期三

親愛的扎扎：

我和您約定這星期日下午五點。您會在「精選酒吧」見到自由的[1]沙特。但我想之前先跟您見一面，我們可以在星期五或星期六下午兩點到四點去「秋季沙龍」嗎？如果您可以的話，立即給我封信，告訴我約在哪裡。我這幾天會在下課時找梅洛龐蒂。無論如何，如果您比我先見到他的話，代我轉達我對他的真摯友情。

我希望您那天跟我敘述的煩惱都已結束。我很開心，開心和您一起過的時光，親愛的扎扎。我這一向都去國家圖書館念書，您要不要也來呢？

一封封愈來愈長的信，每一頁都是幸福。我現在對您的愛更深，珍貴的過去、珍貴的現在、我珍貴的形影不離的好朋友。擁抱您，親愛的扎扎。

西蒙・德・波娃

1　原書編注：指的是沙特剛開始服兵役。

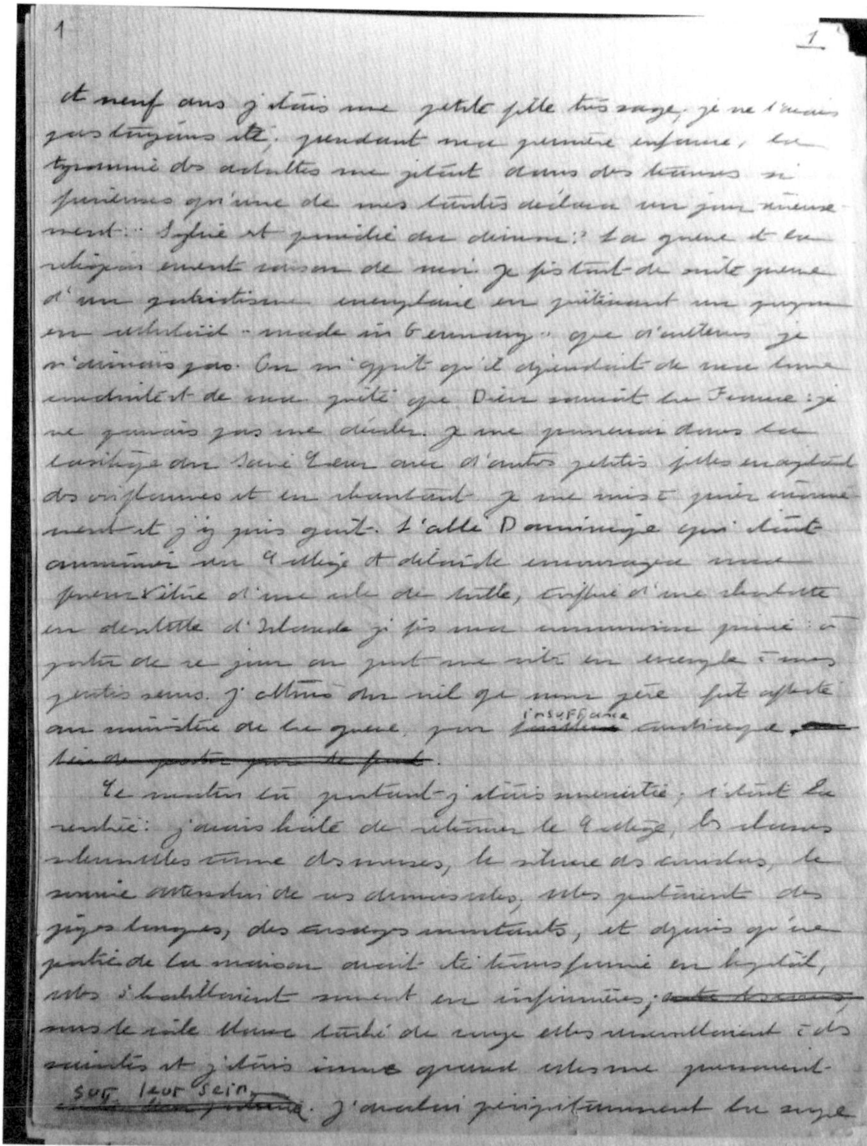

1 1

À neuf ans j'étais une petite fille très sage; je ne l'avais pas toujours été; pendant ma première enfance, la tyrannie des adultes me jetait dans des transes si furieuses qu'une de mes tantes déclara un jour sentencieusement: « Sylvie est possédée du démon. » La guerre et la religion eurent raison de moi. Je fis tout de suite preuve d'un patriotisme exemplaire en piétinant une poupée en celluloïd « made in Germany » que d'ailleurs je n'aimais pas. On m'expliqua qu'il dépendait de ma conduite et de ma piété que Dieu sauvât la France: je ne pouvais pas me dérober. Je me promenai dans la basilique du Sacré-Cœur avec d'autres petites filles en agitant des oriflammes et en chantant. Je me mis à prier énormément et j'y pris goût. L'abbé Dominique qui était aumônier du Collège Adélaïde encouragea mes prouesses; vêtue d'une robe de tulle, coiffée d'un bonnet en dentelle d'Irlande je fis ma communion privée: à partir de ce jour on put me citer en exemple à mes petites sœurs. J'obtins du ciel que mon père fut affecté au ministère de la guerre, pour insuffisance cardiaque.

Le matin en partant j'étais inquiète; c'était la rentrée: j'avais hâte de retrouver le Collège, les dames solennelles comme des nonnes, le silence des couloirs, le sourire attendri de ces demoiselles; elles portaient des jupes longues, des corsages montants, et depuis qu'une partie de la maison avait été transformée en hôpital, elles s'habillaient souvent en infirmières; sous le voile blanc taché de rouge elles ressemblaient à des saintes et j'étais émue quand elles me pressaient sur leur sein. J'accélérai progressivement la ...

© Collection Sylvie Le Bon de Beauvoir
《形影不離》一九五四年的手稿第一頁。

litterateur 12

形影不離

Les Inséparables

•原著書名：Les Inséparables•作者：西蒙•德•波娃（Simone de Beauvoir）•翻譯：嚴慧瑩•封面設計：聶永真•校對：呂佳真•責任編輯：徐凡•國際版權：吳玲緯、楊靜•行銷：闕志勳、吳宇軒、余一霞•業務：李再星、李振東、陳美燕•總編輯：巫維珍•編輯總監：劉麗真•發行人：凃玉雲•出版社：麥田出版／城邦文化事業股份有限公司／104台北市中山區民生東路二段141號5樓／電話：(02) 25007696／傳真：(02) 25001966、發行：英屬蓋曼群島商家庭傳媒股份有限公司城邦分公司／台北市中山區民生東路二段141號11樓／書虫客戶服務專線：(02) 25007718；25007719／24小時傳真服務：(02) 25001990；25001991／讀者服務信箱：service@readingclub.com.tw／劃撥帳號：19863813／戶名：書虫股份有限公司•香港發行所：城邦（香港）出版集團有限公司／香港灣仔駱克道193號東超商業中心1樓／電話：(852) 25086231／傳真：(852) 25789337•馬新發行所／城邦（馬新）出版集團【Cite(M) Sdn. Bhd.】／41-3, Jalan Radin Anum, Bandar Baru Sri Petaling, 57000 Kuala Lumpur, Malaysia.／電話：+603-9056-3833／傳真：+603-9057-6622／讀者服務信箱：services@cite.my•印刷：前進彩藝有限公司•2023年9月初版一刷•定價420元

國家圖書館出版品預行編目資料

形影不離／西蒙・德・波娃（Simone de Beauvoir）著；嚴慧瑩譯. -- 初版. -- 臺北市：麥田出版：家庭傳媒城邦分公司發行, 2023.09
面；　公分. -- (litterateur；RE7012)
譯自：Les Inséparables
ISBN 978-626-310-496-9（平裝）
EISBN 978-626-310-503-4（EPUB）
876.57　　112009368

城邦讀書花園
www.cite.com.tw

本書獲法國在台協會《胡品清出版補助計畫》支持出版
Cet ouvrage, publié dans le cadre du Programme d'Aide à la Publication《Hu Pinching》, bénéficie du soutien du Bureau Français de Taipei.